历代笔记精华系列

插图珍藏版

念念不忘

历代笔记中的绝世美女

岂水 编校

中国和平出版社

图书在版编目(CIP)数据

念念不忘:历代笔记中的绝世美女/岂水编校.—北京:中国和平出版社,2014.3

ISBN 978 - 7 - 5137 - 0737 - 4

Ⅰ.①念… Ⅱ.①岂… Ⅲ.①笔记小说 – 小说研究 – 中国 Ⅳ.①I207.41

中国版本图书馆 CIP 数据核字(2014)第 024569 号

念念不忘:历代笔记中的绝世美女

岂水 编校

出 版 人:	肖　斌
责任编辑:	刘浩冰　李　纬
装帧设计:	周　晓
责任印制:	石亚茹

出版发行	中国和平出版社
发 行 部:	010 – 82093806
网　　址:	www. hpbook. com
经　　销:	新华书店
印　　刷:	北京新华印刷有限公司
社　　址:	北京市海淀区花园路甲 13 号院 7 号楼 10 层(100088)

开　　本:	787 毫米×1092 毫米　1/32
印　　张:	6. 75
字　　数:	100 千字
版　　次:	2014 年 3 月北京第 1 版　2014 年 3 月北京第 1 次印刷

ISBN 978 – 7 – 5137 – 0737 – 4　　　　　　　　　　定价:28. 00 元

西刺史典其州,心闲政裕,工于子墨,州之乡老以粟名上刺史,署为侍砚青衣。刺史雅善鼓琴,退食之暇,每于月亭松阁,兴至挥弦。粟辄携小猊狻以从,拂石几,蓺名香,终奏,氤氲肃立无倦容。以是辟扉而入,放衙而归,粟唇恒沾墨渖,麝兰余芳拂拂出袿袖间。见者无不叹刺史风流,亦羡侍者之若仙矣。

第五章 巧蝴蝶

　　邹枢《十美词纪》记载:余在褓褓,即外祖母抚育。十二岁,外祖母怜余深夜读书,无有伴者,乃命媒婆庄妪以三十金买得徐氏一女,年十二,眉目秀丽如画,以七夕来,呼为阿巧。数日后,巧垂泣告余母曰:"我非徐氏女,乃某族之某房女也。"余母大骇,即命庄妪召其母至,曰:"我与汝家系至戚,岂可为此事? 若论中表,我与汝兄弟也。令爱与我之子女辈亦兄弟。"遂备酒同拜,皆以兄弟相叙。巧敏慧,诗词寓目,三遍即熟。好画蝴蝶,若有滴水在案,即随水画蝴蝶形。闲则研朱砂,滤青花粉,买白笺描画蝴蝶。到后园扑取活者,置室中,掩窗户以扇逐之,观其飞舞之态,于是画愈工。余母常以素绡制新样裙,命之画。服之,风吹裙带,蝶若翻舞,见者叹绝,呼为巧蝴蝶。

第六章　董小宛

　　张明弼《冒姬董小宛传》云：董小宛名白，一字青莲，秦淮乐籍中奇女也。七八岁，母陈氏教以书翰，辄了了。年十一二，神姿艳发，窈窕婵娟，无出其右。至针神曲圣，食谱茶经，莫不精晓。顾其性好静，每至幽林远壑，多依恋不能去。若夫男女阗集，喧笑并作，则心色色沮，亟去之。居恒揽镜自语其影曰："吾姿慧如此，即诎首庸人妇，犹当叹采凤随鸦，况作飘花零叶乎？"

第七章　太原女

　　徐瑶《太恨生传》云：太恨生，东海佳公子也。与余形影周旋，神魂冥合，因熟悉情事。生父司李公望重一世，生承家学，折节读书，当代名流咸倾其才调。丰神俊迈，性孤洁寡欲，未尝渔非礼色。娶元女夫人，婉美贞淑，生相敬如宾。夫人尝谓生曰："吾夙耽清静，苦厌凡缘。膝下芝兰，幸早林立，生平志愿已足。当觅一窈窕，备君小星。吾即绣佛长斋，不复烦君画眉矣。"生曰："自卿为余家妇，闺门雍睦，方期百年偕老，忍令卿诵白头吟耶？虽然，

目　录

第一章　秦始皇美人

第二章　东坡妾碧桃

第三章　陈圆圆

圆圆陈姓，玉峰歌妓也，声甲天下之声，色甲天下之色。崇祯癸未岁，总兵吴三桂慕其名，赍千金往聘之，已先为田畹所得。时圆圆以不得事吴，怏怏而，而吴更甚。田畹者，怀宗妃之父也，年耄矣。圆圆度流水高山之曲以歌之，畹每击节，不知其悼知音之希也。甲申春，流氛大炽，怀宗宵旰忧之，废寝食，妃谋所以解帝忧者于父，畹进圆圆。圆圆扫眉而入，冀邀一顾，帝穆然也，旋命之归畹第。

第四章　粟儿

钮琇《觚賸》记载：磬玉之山有美女，姓宋小字粟儿，生而清眸纤指，竟体柔艳。同闾绝爱怜之，皆曰："宋家粟，其宋家玉乎？"陇

卿业有命,余宁矫情?第选妾须德才色皆备乃善,正恐书生命薄,
难获奇缘,有辜卿意耳。"

第八章　徐娘

缪艮《徐娘自述诗记》记载:徐凤箫,才女也。偶尔怀春,为吉
士所诱,往来情密,惧小婢泄其事,死之,遂系狱。乃集古人诗句,
成十二首,以自述。

其《遥睎》云:"绿窗无伴动春愁,谁绾青骢涕满楼。不敢众中
明向我,几回抬眼又低头。"

《井遇》云:"银瓶素练汲井浆,偷照红妆玉井傍。妾自含情只
一笑,暗抬星眼掷儿郎。"

《送领》云:"暗香星颈细裁缝,半幅红缯意万重。妾自爱他针
线好,襟边添朵绣芙蓉。"

《楼会》云:"人来窗外已三更,相识虽新有故情。云雨未谐心
尚怯,卿须怜我我怜卿。"

《赠珠》云:"玉郎赠妾翠金环,妾赠珍珠泪暗弹。他日绿林能
结子,争如三五月团栾。"

　　……

第一章　秦始皇美人

《水经注·沔水篇》注引《太康地道记》记载:"吴地有盐官县。"又引《乐资九州志》说:"县有秦延山,秦始皇曾在此经过,美人死去,葬于山上。山下有美人庙。"

秦始皇美人

秦始皇

《水经注·沔水篇》注引《太康地道记》:"吴有盐官县。"又引《乐资九州志》云曰:"县有秦延山,秦始皇径此,美人死,葬山上。山下有美人庙。"按:此美人惜不传其名也。

项王妾

清陈锡路《黄妳余话》云:唐傅奕考核《道德经》众本,有项羽妾本。齐武平五年,彭城人开项羽妾冢得之。羽美人之见幸者,人知有虞耳,乃复有耽嗜玄虚,整理铅椠,如此一侍儿,亦是大奇。

赵后遗事

宋秦醇《赵后遗事》云:赵后腰骨尤纤细,善踽步行,若人手执花枝颤颤然,他人莫能学也。在主家时,号为飞燕;

入宫后,复引援其妹得幸为昭仪。昭仪尤善笑语,肌骨秀滑。二人皆天下第一色,色倾后宫。

自昭仪入宫,帝益希幸东宫。昭仪居西宫。后日夜欲求子,为自固久远计,多用小犊车载年少子与通。帝一日惟从三四人往后宫,后方与人乱,不知也。左右急报,后惊,遽出迎帝,冠发散乱,言语失度,帝因亦疑焉。帝坐未久,复闻壁

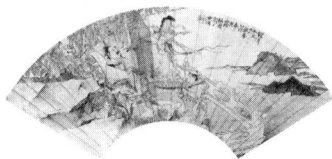

汉武帝与赵飞燕

衣中有人嗽声,帝乃去。由是,帝有害后意,以昭仪故,隐忍未发。

一日,帝与昭仪共处,帝忽攘袖瞋目,直视昭仪,怒气怫然不可犯。遽自离席,伏地谢曰:"臣妾族孤寒下,无强近之亲,一兄得备后庭驱使之列,不意独承幸御,浓被圣私,立于众人之上。恃宠邀爱,众谤来集。加以不识忌讳,冒犯威棱。臣妾愿赐速死,以宽圣抱。"因涕泪交下。帝自引昭仪曰:"汝复坐,吾语汝。汝无罪。汝之姊,吾欲枭其首,断其手足,置溷中,乃快吾意!"昭仪曰:"何缘而得罪?"帝言壁衣中事。昭仪曰:"臣妾缘后,得备后宫,后死,则妾安能独生?况陛下无故而杀一后,天下有以窥陛下也。愿得身实鼎镬,

体膏斧钺。"因大恸，以身投地。帝惊，遂起持昭仪曰："吾以汝之故，不害后，第言之耳，汝何自恨？"若是久之，昭仪方就坐。问壁衣中人，帝阴穷其迹，乃宿卫陈崇子也。帝使人就其家杀之，而废陈崇。

昭仪往见后，言帝所言，且曰："姊曾忆家贫，寒饥无聊，姊使我共邻家女为草履入市，货履市米；一日得米归，遇风雨无火可炊，饥寒甚，不能成寐，使我拥姊背同泣。此事姊岂不忆也？今日幸富贵，无他人戕我，而自毁败。或再有过，帝复怒，事不可救，身首异地，为天下笑。今日妾能拯救也，存殁无定，或尔妾死，尚谁攀乎？"乃泣涕不已，后亦泣焉。

自是，帝不复往后宫承幸，御者昭仪一人而已。昭仪方浴，帝私窥之，侍者报昭仪，昭仪急趋烛后避，帝瞥见之，心愈眩惑。他日，昭仪浴，帝默赐侍者特令不言，帝自屏鳞觇。兰汤滟滟，昭仪坐其中，若三尺寒泉浸明玉。帝意思飞扬，若无所主。帝常语近侍："自古人主无二后，若有，则吾立昭仪为矣。"

后知昭仪以浴益宠幸，乃具汤浴，请帝以观。既往，后入浴，裸体而立，以水沃之。后愈亲近，而帝愈不乐，不幸而去。后泣曰："爱在一身，无可奈何！"

后生日，昭仪为贺。帝亦同往。酒半酣，后欲感动帝意，乃泣数行下。帝曰："他人对酒而乐，子独悲，岂有所不足耶?"后曰："妾昔在主宫时，帝幸其第，妾立主后，帝视妾不移目甚久。主知帝意，遣妾侍帝，竟承更衣之幸。下体常污御服，童欲为帝浣去，帝曰：留以为忆。不数日，备后宫时，帝齿痕犹在妾颈。今日思之，不觉感泣。"帝恻然怀旧，有爱后意，倾视嗟叹。帝欲留，昭仪先辞去，帝遇暮方离后。

而后因帝幸，心为奸利，经三月，乃诈托有孕，上笺奏云："臣妾久备掖庭，先承幸御，遣赐大号，积有岁时。既因始生之日，复加善祝之私，特屈乘舆，俯临东掖，重沐恩施，再承幸御。臣妾数月来，内宫盈实，月脉不流，爱食美甘，不异常日。知圣躬之在体，梦天日之入怀。虹初贯日，总是珍符；龙据妾胸，兹为嘉瑞。更约蕃育神嗣，抱日趋庭，瞻望圣明，踊跃临贺。谨此以闻。"

帝时在西宫，得奏，喜动颜色，答云："因阅来奏，喜庆交集。夫妻之私，义均一体；社稷之重，嗣续其先。任体方初，保绥宜厚。药有性者勿举，食无毒者可亲。有求上字，勿烦笺奏，口授宫使可矣。"两宫候问使交至。

后虑帝幸，见其诈，乃与宫使王盛谋自为之计。盛谓后曰："莫若辞以有妊者不可近人，近人则有所触焉，触则孕败。"后乃遣王盛奏帝,帝不复见后,第遣问安否而已。

俯及诞月,帝具浴子之仪。后召王盛入宫中谓曰:"汝自黄衣郎出入禁掖,吾引汝父子俱富贵无憾。吾为自利长久计托孕,乃吾之私意,实非也。已及期,子能为我谋焉?事成,子万世有后利。"盛曰:"臣为后取民间才生子,携入宫,为后子,但事密不泄,亦无害。"后曰:"可。"

盛访郭外有生子者才数日,以百金取之,以物囊囊之,入宫见后。既发器,则子死。后惊曰:"子死,安用也?"盛曰:"臣今知矣,载子之器,气不泄,此所以死也。臣当穴其上,使气可出入,则子不死。"盛得子,趋宫门欲入内,子惊啼尤甚,盛不敢入。少选,复携之趋门,子复如是,盛终不敢携入宫。盛来见后,言子惊啼事。后泣曰:"为之奈何?"

时已逾十二月矣,帝颇疑讶,或奏帝云尧之母十四月而生尧,后所妊当是圣人。后终无计,乃遣人奏帝云:"臣妾昨梦龙卧不幸,圣嗣不育。"帝但叹惋而已。

昭仪知其诈,乃遣人谢后曰:"圣嗣不育,岂日月不满也?三尺童子尚不可欺,况人主乎!一日手足俱见,妾不知姊之死所也!"

时后庭掌茶宫女朱氏生子,昭仪曰:"从何而得也?"乃以身投地,大恸。帝自持昭仪起坐。昭仪声呼宫吏蔡规曰:"急为吾取子来!"规取子上,昭仪语规曰:"为吾杀之!"规忧虑未行,昭仪怒骂曰:"吾重禄养汝,将安用也?不然,吾并戮汝!"规以子击殿础,死,投之井。后宫宫人孕子者,皆杀之。

后帝行步迟涩,气惫不能御女。有方士闻而献丹;其丹养于火者百日乃成。先以大瓮贮水满,乃下丹水中,水即沸;又易去,复贮新水。如是十日不辍,丹乃成。帝日服一粒,颇能行幸。一夕,在大庆殿,昭仪醉,连进十粒。初夜,绛帐春浓,帝笑声吃吃不止;及中夜,昏昏不能起坐,声息阒然。昭仪急起,秉烛视帝,精出如泉溢。有顷,帝崩。太后遣人理昭仪,且急穷帝得疾之端,昭仪乃自绝。

后在东宫,忽寐中惊啼甚久,侍者呼问方觉,乃言曰:"适吾梦中见帝,帝自云中赐吾坐。帝命进茶,左右奏帝云:向日侍帝不谨,不合啜此茶。吾意既不足,又问帝:昭仪安在?帝曰:以数杀吾子,今罚为巨鼋,居北海之阴水穴间,受千岁水寒之苦。乃大恸。"

后梁时,北鄙大月支王猎,如海上,见巨鼋出于穴,其首犹贯玉钗,颙望波间,惓惓有恋人之意。大月支王遣使问梁武帝,帝以昭仪事报之。

按:赵遗事载于《汉魏丛书》,此篇则宋秦醇补正成篇者。

绿 珠 （附翾风）

《绿珠传》云：绿珠者,姓梁,
白州博白县人也。州则南昌郡,
古越地,秦象郡,汉合浦县地。唐
武德初削平萧铣,于此置南州,寻
改为白州,取白江为名。州境有
博白山、博白江、盘龙洞、房山、双
角山、大荒山。山上有池,池中有
婢妾鱼。绿珠生双角山下,美而
艳,越俗以珠为上宝,生女为珠
娘,生男为珠儿。绿珠之字由此
而称。

绿珠

晋石崇为交趾采访使,以真珠三斛致之。崇有别庐在
河南金谷涧,涧中有金水,自太白源来,崇即川阜制园馆。
绿珠能吹笛,又善歌《明君曲》。明君者,汉妃也。汉元帝
时,匈奴单于入朝,诏王嫱配之,即昭君也。及将去,入辞,
光采射人。天子悔焉,重难改更。汉人怜其远嫁,为作此
歌。崇以此曲教之,而自制新歌曰:"我本名家女,将适单于

庭。辞别未及终,前驱已抗旌。仆御涕流离,猿马悲且鸣。哀郁伤五内,涕泣沾珠缨。行行日已远,遂造匈奴城。延我于穹庐,加我阏氏名。殊类非所安,虽贵非所荣。父子见凌辱,对之惭且惊。杀身良不易,默默以苟生。苟生亦何聊,积思常愤盈。愿假飞鸟翼,弃之以遐征。飞鸿不我顾,伫立以屏营。昔为匣中玉,今为粪土尘。朝华不足欢,甘与秋草屏。传语后世人,远嫁难为情。"崇又制《懊恼曲》以赠绿珠。

崇之婢美艳者千余人,择数十人妆饰一等,使忽视之,不相分别。刻玉为蛟龙佩,萦金为凤凰钗,结袖绕楹而舞。欲有所召者,不呼姓名,唯听佩声、视钗色。佩声轻者居前,钗色艳者居后,以为行次而进。

赵王伦乱常,贼类孙秀使人求绿珠。崇方登凉观临清水,妇人侍侧,使者以告。崇出侍婢数百人以示之,皆蕴兰麝而披罗縠,曰:"任所择。"使者曰:"君侯服御,丽则丽矣,然命指索绿珠,不知孰是?"崇勃然曰:"吾所爱,不可得也。"秀因谮伦族之。收兵忽至,崇谓绿珠曰:"我今为尔获罪。"绿珠泣曰:"愿效死于君前。"崇止之,遽坠楼而死。崇弃东市。时人名其楼曰绿珠楼,在步广里,近狄泉,在王城之东。

绿珠有弟子宋讳,有国色,善吹笛,后入晋明帝宫中。

今白州有一派水,自双角山出,谷容州江,呼为绿珠江,亦犹归州有昭君滩，吴有西施谷、脂粉塘，盖取美人出处为名。又有绿珠井，在双角山下。耆老传云：汲此井者，诞女必多美丽。闾里有识者，以美色无益于时，因以巨石镇之。迨后，虽有产女端妍者，而七窍四肢多不完具。异哉，山水之使然！昭君村生女，皆炙破其面。故白居易诗曰："不效往者戒，恐贻来者冤。至今村女面，烧灼成瘢痕。"又与不完具者同焉。

牛僧孺《周秦行记》云：夜宿薄太后庙，见戚夫人、王嫱、太真、潘淑妃，各赋诗言志。别有善笛女子，短鬟，衫具带，貌甚美，与潘淑妃偕来。太后以接坐居之，令吹笛，往往亦及酒。太后顾而谓曰："识此否？石家绿珠也，潘妃养作妹。"太后曰："绿珠岂能无诗乎？"绿珠相谢，作曰："此日人非昔日人，笛声空怨赵王伦。红残细碎花楼下，金谷千年不更春。"太后曰："牛秀才远来，今日谁人与伴？"绿珠曰："石御尉性严忌，今有死，不可及乱。"然事虽诡怪，聊以解颐。

噫！石崇之杀，虽自绿珠，殆亦其来有渐矣。崇尝刺荆州，劫夺远使，沉杀商客，以致巨富；又遗王恺鸩鸟，共为鸩毒之事。有此阴谋，加以每邀燕集，令美人行酒，客饮不尽者，使黄门斩美人。王丞相与大将军尝共访崇，丞相素不能饮，辄自勉强，至于沉醉。至大将军，故不饮，以观其气色。

已斩三人。君子曰：祸福无门，惟人所召。崇以不义举动杀人，乌得无报也！非绿珠无以速石崇之诛，非石崇无以显绿珠之名。绿珠之堕楼，侍儿之有贞节者也。

比之于古，则有田六出。六出者，王进贤侍儿也。进贤，晋愍太子妃。洛阳乱，石勒掠进贤渡孟津，欲妻之。进贤骂曰："我皇太子妇，司徒公女，胡羌小子敢干我乎！"言毕投河。六出曰："大既有之，小亦宜然。"复投河中。

又有窈娘者，武周时乔知之宠婢也，盛有姿色，特善歌舞。知之教读书，善属文，深所爱幸。时武承嗣骄贵，内宴酒酣，迫知之将金玉赌窈娘，知之不胜，便使人就家强载以归。知之怨悔，作《绿珠篇》，以叙其怨。词曰："石家金谷重新声，明珠十斛买娉婷。此日可怜无得比，此时可爱得人情。君家闺阁未曾难，尝持歌舞使人看。富贵雄豪非分理，骄矜势力横相干。辞君去君终不忍，徒劳掩面伤红粉。百年离别在高楼，一旦红颜为君尽。"知之私托承奉家阉奴传诗于窈娘。得诗悲泣，投井而死。承嗣令汲于井，衣中得诗，鞭杀阉奴，讽吏罗织知之，以至杀焉。

悲夫，二子以爱姬人掇丧身之祸，所谓倒持太阿，授人以柄。《易》曰："慢藏诲盗，冶容诲淫。"其此之谓乎？其后，诗人题歌伎者，皆以绿珠为名。庾肩吾曰："兰堂上客至，绮席清弦抚。自作明君辞,还为绿珠舞。"李元忠云:"绛树摇歌扇,金谷舞筵开。罗袖拂归客,留欢醉玉杯。"江总云:"绿珠衔泪舞,孙秀强相邀。"绿珠之没,已数百年矣,诗人尚咏之不已,其故何哉?盖一婢子,不知书,而能感主恩,愤不顾身,其志凛冽,诚足使后人仰慕歌咏也。至有享厚禄、盗高位,亡仁义之行,怀反覆之情,暮四朝三,唯利是视,节操反不若一妇人,岂不愧哉!今为此传,非徒赞美丽、窒祸源,且欲惩戒辜恩背义之类也。

季伦死后十日,赵伦败。左卫将军赵泉斩孙秀于中书,军士赵骏剖秀心食之。伦囚金墉城,赐金屑酒,伦惭,以巾覆面曰:"孙秀误我也。"饮金屑而卒。皆夷家族。

石季伦所爱婢名翾风,魏末于胡中买得,年始十岁,使房内养之。至年十五,容貌无比,特以恣态见美。妙别玉声,能观金色。石氏之富,财比王家,骄侈当世,珍宝瑰奇,视如瓦石,聚如粪土。皆异方外国所得,莫有辨识其出处者。乃使翾风别其声色,并知其所出之地,言:"西方北方,玉声沉重,而性温润,佩服益人灵性;东方南方,玉声轻洁,而性清凉,佩服利人精神。"石氏侍人美艳者数千人,翾风最以文辞擅爱。石崇尝语之曰:"吾百年之后,当指白日,以汝为殉。"答曰:"生爱死离,不如无爱。妾得为殉,身其何朽!"

于是，弥见宠爱。

崇尝择美容姿相类者数十人，装饰衣服大小一等，使忽睹不相分别，常侍于侧。使翾风调玉以付工人，为倒龙之佩，紫金为凤冠之钗，言刻玉为倒龙之势，铸金钗象凤凰之冠。结绅绕楹而舞，使昼夜声色相接，谓之恒舞。使数十人各含异香，使行而笑语，则口气从风而扬。又屑沉木之香如尘末，布置象牙床上，使所爱践之，无迹者，即赐真珠百琲；若有迹者，即节其饮食，令体轻弱。故闺中相戏曰："尔非细骨轻躯，那得百琲真珠。"

及翾风年至三十，妙年者争嫉之，或言胡女不可为群，竞相排毁。崇受谮润之言，即退翾风为房老，使主群少。乃怀怨怼，而作五言诗曰："春华谁不美，卒伤秋落时。突烟还自低，鄙退岂所期。桂芬徒自蠹，失爱在蛾眉。坐见芳时歇，憔悴空自嗤。"石氏房中并歌，此为乐曲，至晋末乃止。

张丽华

《陈张贵妃传》云：张贵妃名丽华，兵家女也，父兄以织席为业。后主为太子以选入宫，侍龚贵嫔为良娣。贵妃年十岁，为之给使，后主见而悦之，因得幸。遂有娠，生太子深。后主即位,拜为贵妃。妃性聪慧,甚被宠遇。后主始以始兴王叔陵之乱被伤,卧于承香殿,时诸姬并不得进,惟贵妃侍焉。而柳太后犹居柏梁殿,即皇后之正殿也。而皇后素无宠于后主,不得侍疾,别居求贤殿。

至德二年,乃于光照殿前,起临春、结绮、望仙三阁,高数十丈,并数十间。其窗牖、壁带、悬楣、栏槛之类,悉以沉檀为之。又饰以金玉,间以珠翠,外施珠帘,内有宝床宝帐。其服玩之属,瑰奇珍丽,皆近古未有。每微风暂至,香闻数里,朝日初照,光映后庭。其下积石为山,引水为池,植以奇树,杂以花药。后主自居临春阁,张贵妃居结绮

张丽华,南朝陈后主陈叔宝的妃子。张丽华出身兵家,发长七尺,光可鉴人,眉目如画,又有敏锐才辩及过人的记忆力,深得陈后主喜爱。

阁,龚、孔二贵嫔居望仙阁,复道交相往来。又有王、李二美人、张薛二淑媛、袁昭仪、何婕妤、江修容等七人,并有宠,递代以游。其上以宫人有文学者袁大舍等为女学士。后主每引宾客对、贵妃等游宴,则使诸贵人及女学士与狎客共赋新诗,互相赠答。采其尤艳丽者,以为曲调,被以新声。选宫

女有容色者,以千百数,教之歌,分部迭进。其曲有《玉树后庭花》《临春乐》等。其略云:"璧月夜夜满,琼树朝朝新。"大指所归,皆美张贵妃、孔贵嫔之容色。

张贵妃发长七尺,鬒黑如漆,其光可鉴;聪慧有神彩,进止闲暇,容色端丽。每瞻际盼睐,光彩溢目,照映左右。常于阁上靓妆临轩槛,宫中遥望,飘若神仙。才辩强记,善俟人主颜色,荐诸宫女,后宫咸德之。又工厌魅之术,假鬼神以惑后主,置淫祀于宫中,聚诸女巫使之歌舞,使后主惑于政事。百司启奏,并因宦者蔡临儿、李善度进诸后主,倚隐囊,置张贵妃于膝上共决之。李、蔡所不能记者,贵妃并为条疏,无所遗脱。因参访外事,必先知白之。由是,益加宠异,冠绝后庭。而后宫之家,不尊法度,有违于理者,但求哀于贵妃,贵妃则令李、蔡先启其事,而后从容为言之。大臣有不从者,因而谮之,言无不听。于是,张之势熏灼四方,内外宗族多被引用。大臣执政,亦风而靡阉宦便佞之徒,内外交结,转相引进。贿赂公行,赏罚无常,纪纲瞀乱矣。及隋军克台城,贵妃与后主俱入于井,隋军出之。晋王广命斩贵妃,榜于青溪中桥。

刘无双

唐薛调《刘无双传》云：唐王仙客者，建中中朝臣刘震之甥也。初，仙客父亡，与母同归外氏。震有女曰无双，小仙客数岁，皆幼稚，戏弄相狎。震之妻常戏呼仙客为王郎子。如是者凡数岁，而震奉孀姊及抚仙客尤至。

一日，王氏姊疾且重，召震约曰："我一子之念可知也，恨不见婚宦！无双端丽慧聪，我深念之，异日无令归他族，我以仙客为托。尔诚许，我瞑目无所恨也。"震曰："姊宜安静自颐养，无以他事自扰。"其姊竟不瘥。仙客扶柩归葬襄邓。

服阕，思念身世孤子如此，宜求婚娶，以续后嗣。无双长成矣，我舅氏岂以位尊官显，而废前约耶？于是饰装抵京师。时震为尚书租庸使，门馆赫奕，冠盖填塞。仙客既觐，致于学舍弟子为伍。舅甥之分依然如故，但寂然不闻选取之议。又于窗隙间窥见无双，姿质明艳，若神仙中人。仙客发狂，唯恐姻亲之事不谐矣。遂鬻囊橐，得钱数百万，舅氏舅母左右给使，达于厮养，皆厚遗之。又因复设酒馔，中门之内皆得入之矣。诸表同处，悉敬事之。遇舅母生日，市新奇以献,雕镂属玉以为首饰,舅母大喜。

又旬日,仙客遣老妪以求亲之事闻于舅母,舅母曰:"是我所愿也,即当议其事。"又数夕,有青衣告仙客曰:"娘子适以亲情事言于阿郎,阿郎云:向前亦未许之,模样云云,恐是参差也。"仙客闻之,心气俱丧,迟旦不寐,恐舅氏之见弃也,然奉事不敢懈怠。

一日,震趋朝,至日初出,忽然走马入宅,汗流气促,唯言:"镝却大门、镝却大门!"一家惶骇,不测其由。良久乃言:"泾原兵士反,姚令言领兵入含元殿,天子出苑北门,百官奔赴行在。我以妻女为念,略归部署。疾召仙客与我勾当家事,我嫁与尔无双。"仙客闻命,惊喜拜谢。乃装金银罗锦二十驮,谓仙客曰:"汝易衣服,押领此物出开远门,觅一深隐店安下。我以汝舅母及无双出启夏门,绕城续至。"

仙客依所教,至日落,城外店中待久不至。城门自午后扃镝,南望目断,遂乘骢秉烛绕城至启夏门。门亦镝,守门者不一,持白梃或坐或立。仙客下马徐问曰:"城中有何事如此?"又问:"今日有何人出此门者?"曰:"朱太尉已作天子。午后有一人重载领妇人四五辈欲出此门,街中人皆识,云是租庸使刘尚书。门司不敢放出。近夜,追骑至,一时驱向北去也。"仙客失声恸哭,却归店。三更向尽,城门忽开,见火炬如昼，兵士皆持兵挺刃，传呼斩斫，使出城搜城外朝官。仙客舍辎骑，惊走，归襄阳村居。

三年后，知克复，京阙重经，海内无事。乃入京，访舅氏消息。至新昌南街，立马彷徨之际，忽有一人马前拜。熟视之，乃旧使苍头塞鸿也。鸿本王家生，其舅常使得力，遂留之。握手垂涕，仙客谓鸿曰："阿舅阿母安否？"鸿云："并在兴化宅。"仙客喜极，云："我便过街去。"鸿云："某已得从良，客户有一小宅子，贩缯为业。今日已夜，郎君且就客户一宿，来早同去未晚。"遂引至所居，饮馔甚备。至昏黑，乃闻报曰：尚书授伪命官，与夫人皆处极刑，无双已入掖庭矣。

仙客哀冤号绝，感动邻里。谓鸿曰："四海至广，举目无亲戚，未知托身之所！"又问曰："旧家人谁在？"鸿曰："唯无双所使婢采苹者，今在金吾将军王遂宅中。"仙客曰："无双固无见期，得见采苹，死亦足矣。"由是，乃刺谒以从侄礼见遂中。具道本末，愿纳厚价，以赎采苹。遂中深相见知，感其事而许之。仙客税屋，与鸿、苹居。塞鸿每言："郎君年渐长，合求官职。悒悒不乐，何以遣时？"仙客感其言，以情恳告遂中。遂中荐见仙客于京兆尹李齐运。齐运以仙客前衔为富平县尹，知长乐驿。

累月，忽报有使押领内家三十人往园陵，以备洒扫，宿

长乐驿。毡车子十乘下讫,仙客谓塞鸿曰:"我闻宫嫔选在
掖庭,多是衣冠子女。我恐无双在焉,汝为我一窥可乎?"鸿
曰:"宫嫔数千,岂使及无双?"仙客曰:"汝但去,人事亦未可
定。"因令塞鸿假为驿吏,烹茗于帘外。仍给钱三千,约曰:
"坚守茗具,无暂舍去;忽有所睹,即疾报来。"塞鸿唯唯而
去。宫人悉在帘下,不可得见之,但夜语喧哗而已。

至夜深,群动皆息,塞鸿涤器构火,不敢辄寐。忽闻帘
下语曰:"塞鸿,塞鸿,汝争得知我在此也? 郎健否?"言讫呜
咽。塞鸿曰:"郎君见知此驿令,日疑娘子在此,令塞鸿问
候。"又曰:"我不久语,明日我去后,汝于东北舍阁子中紫褥
下取书送郎君。"言讫遽去。忽闻帘下极闹云:"内家中恶。"
中使索汤药甚急,似无双也。

塞鸿疾告仙客,仙客惊曰:"我何得一见?"塞鸿曰:"今
方修渭桥,郎君可假作理桥官,车子过桥时,近车子立。无
双若认得,必开帘子,当得瞥见耳。"仙客如其言,至第三车
子,果开帘子窥见,真无双也。仙客悲感怨慕,不胜其情。

塞鸿于阁子中褥下得书送仙客,花笺五幅,皆无双真
迹。词理哀切,叙述周尽。仙客览之,茹恨涕下,自此永诀
矣。其书后云:"常见敕使说富平县古押衙,人间有心人,今
能求之否?"

仙客遂申府,请解驿务,归本官,遂寻访。古押衙闲居于村墅,仙客造访,见古生。生所愿,必力致之。缯彩宝玉之赠,不可胜纪。一年未开口。秩满,闲居于县,古生忽来,谓仙客曰:"洪一武夫,年且老,何所用? 郎君于某竭分,察郎君之意,将有求于老夫。老夫乃一介有心人也,感郎君之深恩,愿粉身以答效。"仙客泣拜,以实告古生。古生仰天以手拍脑数四,曰:"此事大不易,然与郎君试求,不可朝夕便望。"仙客拜曰:"但生前得见,岂敢以迟晚为恨耶?"半岁无消息。

一日,扣门,乃古生送书。书云:"茅山使者回,且来此。"仙客奔马去见古生,古生乃无一言。又启使者之为何人也? 生云:"且吃茶。"夜深,谓仙客曰:"宅中有女家人识无双否?"仙客以采蘋对。仙客立取而至,古生端相,且笑且喜云:"借留三五日,郎君且归。"

后累日,忽传说曰:有高品过,处置园陵宫人。仙客心甚异之,令塞鸿探,所杀者乃无双也。仙客号哭,乃叹曰:"本望古生,今死矣,为之奈何!"流涕歔欷,不能自已。是夕更深,闻扣门甚急。及开门,乃古生也。领一篼子,入谓仙客曰:"此无双也,今死矣,心头微暖,后日当活,微灌汤药,切须静密。"言讫,仙客抱入阁子中,独守之。至明,遍体有暖气。见仙客,哭一声遂绝,救疗至夜方愈。

古生又曰:"暂借塞鸿。"于生后掘一坑,坑稍深,抽刀断塞鸿头于坑中。仙客惊怕,古生曰:"郎君莫怕,今日报郎君恩足矣。比闻茅山道士有药术,其药服之立死,三日却活。某使人专求得一丸,昨令采蘋假作中使,以无双逆党,赐此药令自尽。至陵下,托以亲故,百缣赎其尸。凡道路邮传,皆厚赂矣,必免漏泄。茅山使者及舁篦人,在野外处置讫。老夫为郎亦自刎。郎君不得更居此,门外有担子一十人,马五匹,绢五百匹。五更挈无双便发,变姓名,浪迹以避祸。"言讫举刃,仙客救之,头已落矣。遂并尸盖覆讫。

未明发,历西蜀下峡,寓居于渚宫,悄不闻京兆之耗。乃挈家归襄邓别业,与无双偕老矣,男女成群。

赞曰:人生之契阔会合多矣,若罕有斯之比,尝谓古今所无。无双遭乱世籍没,而仙客之志,死而不夺。卒遇古生之奇法取之,冤死至十余人。艰难走窜,其后归故乡,为夫妇五十年,何其异哉!

第二章　东坡妾碧桃

清叶廷琯《鸥陂渔话》记载：江右都昌县有坡翁诗石刻云："翻阳湖上都昌县，灯火楼台一万家。水隔南山人不渡，东风吹老碧桃花。"署"眉山苏轼书"。嘉庆中，杭人王文诰撰苏轼集，编注说："其友人衡山王泉之作令江西，尝以事至都昌，见《都昌志》称，坡公南迁时，遣妾碧桃于县，因为此诗。

灵 应

唐无名氏《灵应传》云：泾州之东二十里，有故薛举城。城之隅有善女湫，广袤数里，蒹葭丛翠，古木萧疏。其水湛然而碧，莫有测其浅深者，水族灵怪往往见焉。乡人立祠于旁，曰"九娘子神"，岁之水旱被穰，皆得祈请焉。又州之西二百余里，朝那镇之北有湫神，因地而名，曰朝那神，其肸蚃灵应，则居善女之右矣。

乾符五年，节度使周宝在镇日。自仲夏之初，数数有云气，状如奇峰者、如美女者、如鼠如虎者，由二湫而兴，至于激迅风，震雷电，发屋拔树，数刻而止；伤人害稼，其数甚多。宝责躬励己，谓为政之未敷，致阴灵之所谴也。

至六月五日，府中视事之暇，昏然思寐，因解巾就枕寝。犹未熟，见一武士，冠鍪被铠，持钺而立于阶下，曰："有女客在门，欲申参谒，故先听命。"宝曰："尔为谁乎？"曰："某即君之阍者，效役有年矣。"宝将诘其由，已见二青衣历阶而升，长跽于前曰："九娘子自郊墅特来告谒，故先使下执事致命于明公。"宝曰："九娘子非吾通家亲戚，安敢造次相面乎？"

言犹未终，而见祥云细雨，异香袭人。俄有一妇人，年可十七八,衣裙素淡,容质窈窕,凭空而下,立庭庑之间,容仪绰约,有绝世之貌。侍者十余辈,皆服饰鲜洁,有如妃嫔之仪。顾步徊翔,渐及卧所。宝将少避之,以候其意。侍者趋进而言曰:"贵主以君之高义,可申诚信之托,故将冤抑之怀诉诸明公,明公忍不救其急难乎?"宝遂命升阶相见,宾主之礼,颇甚肃恭。登榻而坐,祥烟四合,紫气充庭。敛态低鬟,若有忧戚之貌。宝命酌醴设馔,厚礼以待之。

俄而敛袂离席,逡巡而言曰:"妾以寓居郊园,绵历多祀,醉酒饱德,蒙惠诚深。虽以孤枕寒床,甘心没齿,茕嫠有托,负荷逾多;但以显晦殊途,行止乖互。今乃迫于情礼,岂暇缄藏,倘鉴幽情,当敢披露。"宝曰:"愿闻其说。所冀识其宗系,苟可展分,安敢以幽显为辞?君子杀身以成仁,徇其毅烈,蹈赴汤火,旁雪不平,乃宝之志也。"

对曰:"妾家世会稽之郯县,卜筑于东海之潭,桑榆坟陇,百有余代。其后遭世不造,瞰宝贻灾,五百人皆遭庚氏焚炙之祸,纂绍几绝。不忍戴天,潜遁幽岩,沉冤莫雪。至梁天监中,武帝好奇,召人通龙宫,入枯桑鸟,以烧燕奇味,结好于洞庭君宝藏王第七女,以求异宝。寻闻家仇庚毗罗自郯县白水郎弃官解印,欲承命请行,阴怀不道,因使得入龙宫,假以求贷,覆吾宗嗣。赖我公敏鉴,知渠挟私请行,欲肆无辜之害。虑其反贻伊戚，辱君之命。言于武帝，武帝遂止，乃令合浦郡落黎县欧越罗子春代行。妾之先宗，羞共戴天，虑其后患，乃率其族韬光灭迹，易姓变名，避仇于新平真宁县安村，披榛凿穴，筑室于兹。先人敝庐，殆成胡越。

"今三世卜居，先为灵应君，寻受封应圣侯，后以阴灵普济，功德及民，又封普济王。威德临人，为世所重。妾即王之第九女也。笄年，配于象郡石龙之少子。良人以世裘猛烈，血气方刚，宪法不拘，严父不禁，残虐视事，礼教蔑闻。未及期年，果贻天谴，覆宗绝祀，削迹除名。惟妾一身，仅以获免。父母抑遣再行，妾终违命。王侯致聘，接轸交辕。诚愿既坚，遂欲自劓。父母怒其刚烈，遂遣屏居于兹土之别邑。音问不通，于今三纪。虽慈颜未复，温清久违，离群索居，甚为得志。

"近年为朝邮小龙，以季弟未婚，潜行礼聘，甘言厚币，峻阻复来。灭性毁形，殆将不可。朝邮遂通好于家君，欲成其事。遂使其季弟权徙居于王畿之西，将货于我王，以成姻好。家君知妾之不可夺，乃令朝邮纵兵相逼。妾亦率其家僮五十余人，付以兵仗，逆战郊原。众寡不敌，三战三北。师徒倦弊，犄角无怙。将欲收拾余烬，背城借一。而虑晋阳水急，台城火炎，一旦攻下，为顽童所辱，纵没于泉下，无面见石氏之子。故《诗》云:'泛彼柏舟,在彼中河。髧彼两髦,实维我仪。之死矢靡他。母也天只,不谅人只。'此卫世子媭妇自誓之词。又云:'谁谓鼠无牙,何以穿我墉。谁谓女无家,何以速我讼。虽速我讼,亦不女从。'此召伯听讼,衰乱之俗兴,贞信之教征,强暴之男不能侵凌贞女也。

今则公之教,可以精通显,贻范古今,贞信之教,故不为姬姜之下者。幸以君之余力,少假兵锋,挫彼凶狂,存其鳏寡;成贱妾终天之誓,彰明公赴难之心。辄具志诚,幸无见阻。"

宝心虽许之,讶其辨博,欲拒以他事,以观其词。乃曰:"边徼事繁,烟尘在望。朝廷以西陲陷虏,芜没者三十余州,将议举戈,复其土壤。晓夕恭命,不敢自安。匪夕伊朝,前茅即举。空多愤悱,未暇承命。"对曰:"昔者楚昭王以方城为城,汉水为池,尽有荆蛮之地,藉父兄之资,强国外连,三良内助;而吴兵一举,鸟迸云奔,不暇婴城,迫于走兔,宝玉迁徙,宗社凌夷。万乘之灵,不能庇先王之朽骨。至申胥乞师于嬴氏,血泪污于秦庭,七日长号,昼夜靡息。秦伯悯其祸败,竟为出师,复楚退吴,仅存亡国。况芈氏为春秋之强国,申胥乃衰楚之大夫,而以矢尽兵穷,委身折节,肝脑涂地,感动于强秦。矧妾一女子,父母斥其孤贞,狂童凌其寡弱，缀旒之急，安得不少动仁人之心乎！"

宝曰："九娘子灵宗异派，呼吸风云，蠢尔黎元，固在掌握；又焉得示弱于世俗之人，而自困如是者哉？"对曰："妾家族望，海内咸知。只如彭蠡、洞庭，皆外祖也。陵水、罗水，皆中表也。内外昆季，百有余人，散居吴越之间，各分地土。咸京八水，半是宗亲。若以遣一介之使，飞咫尺之书，告彭蠡、洞庭，召陵水、罗水，率维扬之轻锐，征八水之鹰扬。然后檄冯夷，说巨灵，鼓子胥之波涛，混阳侯之鬼怪，鞭驱列缺，指挥丰隆，扇疾风，翻暴浪，百道俱进，六师鼓行，一战而成功。则朝那一鳞立为齑粉，泾城千里坐变污潴，言下可观，安敢谬矣！昔者，泾阳君与洞庭外祖世为姻戚；后以琴瑟不调，弃掷其妇，遭钱塘之一怒，伤生害嫁，怀山襄陵。泾水穷鳞，致毙外祖之牙齿。今泾上车轮马迹犹在，史传具存，固非谬也。妾又以夫族得罪于天，未蒙上帝昭雪，所以销声避影，而自困如是。君若不悉诚款，终以多事为词，则向者之言，不敢避上帝之责也。"

宝遂许诺，率爵撤馔，再拜而去。宝及哺方寤，耳闻目览，恍然如在。翼日，遂遣兵士一千五百人，营于湫庙之侧。

是月七日，鸡初鸣，宝将晨兴，疏牖尚暗。忽于帐前有一人，径行于帷幌之间，有如侍巾栉者。呼之命烛，竟无酬对。遂厉而叱之,乃言曰:"幽明有隔,幸不以灯烛见迫也。"宝潜知异,乃屏气息音,徐谓之曰:"得非九娘子乎?"对曰:"某即九娘子之执事者也。昨日蒙君假以师徒救其危患,但以幽显事别,不能驱策,苟能存其始约,幸再思之。"俄而纱窗渐白,注目视之,悄无所见。

宝良久思之,方达其义。遂呼吏,命按兵籍选亡没者名,得马军五百人,步卒一千五百人,数内选押衙孟远,充行营都虞侯,牒送女湫神。

是月十一日,抽回湫庙之卒,见于厅事之前。转旋之际,有一甲士仆地,口动目瞬,问无所应,亦不似暴卒者。置于廊庙之间,天明亦寤。遂使人诘之,对曰:"某初见一人,衣青袍,自东而来,相见甚有礼,谓某曰:'贵主蒙相公莫大之恩,拯其单弱,然亦未尽诚款,假尔明敏,再通幽情,幸无辞勉也。'某危以他词拒之。遂以袂相牵,懵然颠仆,但觉与青衣者继踵偕行。俄至其庙,促呼连步,至于帷薄之前见贵主。谓某云:'昨蒙相公悯念孤危,俾尔戍于敝邑,往返途路,得无劳止。余近蒙相公再借兵师,深惬诚愿。观其士马精强,衣甲铦利。然都虞侯孟远,才轻位下,甚无机略。今月九日,有游军三千余,来掠我近郊。遂令孟远领新到将士,邀击于平原之上。设伏不密,反为彼军所败。甚思一权谋之将,俾尔速归,达我情素。'言讫,拜辞而出,昏然似醉,余无所知矣。"

宝验其说,与梦相符,意欲质前事,遂差制胜关使郑承符以代孟远。是月三日晚衙,于后毬场沥酒焚香,牒请九娘子神收管。至十六日,制胜关申云:"今月十三日三更已来关使暴卒。"宝惊叹息,使人驰视之,至则果卒。唯心背不冷,暑月停尸,亦不败坏,其家甚异之。忽一夜,阴风惨冽,吹沙走石,登屋拔树,禾苗尽偃.及晓而止。云雾四布,连夕不解。至暮,有迅雷一声,划如天裂。承符忽呻吟数息,其家剖棺视之,良久复苏。是夕,亲邻咸聚,悲喜相仍,信宿如故。

家人诘其由,乃曰:"余初见一人,衣紫绶,乘骊驹,从者十余人,至门下马,命吾相见,揖让周旋,手捧一牒授吾云:'贵主得吹尘之梦,知若负命世之才,欲遵南阳故事,思殄邦仇。使下臣持兹礼币,聊展敬于君子,而冀再康国步。幸不以三顾为劳也。'余不暇他辞,唯称不敢。酬酢之际,已见聘币罗于阶下,鞍马器甲,锦彩服玩,囊鞬之属,咸布列于庭。吾辞不获免,遂再拜受之,即相促登车。所乘马异常骏伟,装饰鲜洁,仆御整肃。倏忽行百余里.有甲马三百骑已来迎候,驱殿有大将军之行李,余亦颇以为得志。指顾间,望见一大城，其雉堞穹崇，沟洫深浚，余恍惚不知所自。俄于郊外备帐乐设享，宴罢入城。观者如堵，传呼小吏交错其间，所经之门不记重数。

"及至一处，如有公署，左右使余下马易衣，趋见贵主。贵主使人传命，请以宾主之礼见。余自谓既受公文器甲临戎之具，即是臣也，遂坚辞，具戎服入见。贵主使人复命请去囊鞬，宾主之间隆杀可也。余遂舍器仗而趋入。饰蟠龙髻凤而侍立者，数十余辈。弹弦握管、秾花异服而执役者，又数十辈。腰金拖紫、曳组攒簪而趋隅者，又非止一人也。轻裘大带、白玉横腰而森罗于阶下者，其数甚多。次命女客五六人，各有侍者十数辈，差肩接迹，累累而进。余亦低视长揖，不敢施拜。坐定，有大校数人，皆令预坐，举进乐。

"酒至贵主敛袂举觞，将欲兴词，叙向来征聘之意；俄闻烽燧四起，叫噪喧呼云：'朝那贼步骑数万人，今日平明攻破堡塞，寻已入界，数道齐进，烟火不绝。请发兵救应！'侍坐者相顾失色，诸女不及叙别，狼狈而散。及诸校降阶拜谢，伫立听命。贵主临轩谓余曰：'吾受相公非常之惠，悯其孤茕，继发师徒，拯其患难。然以车甲不利，权略是思。今不弃弊陋，所命将军者，正为此危急也。幸不以幽僻为辞，少匡不逮。'遂别赐战马二匹、黄金甲一副；旌旗旄钺、珍宝器用,充庭溢目,不可胜计。彩女二人给以兵符,赐赉甚丰。

"余拜捧而出,传呼诸将,指挥部伍,内外响应。是夜出城,相次探报,皆云贼势渐雄。余素谙其山川地里,形势孤虚,遂引军夜出,去城百余里,分布要害。明悬赏罚,号令三军,设伏兵以待之。迟明,排布已毕。贼汰其前功,颇甚轻进,犹谓孟远之统众也。余自引轻骑,登高视之,则烟尘四合,行阵整肃。余先使轻兵搦战,示弱以诱之;接以短兵,且战且行。金革之声,天裂地坼。余引兵诈北,彼亦尽锐前趋。鼓噪一声,伏兵尽起。千里转战,四面夹攻。彼军败绩,死者如麻,再战再奔。朝那狡童漏刃而去,从亡之卒不过十余人。余选健马三十骑追之,果生直于麾下。

"由是,血肉染草木,脂膏润原野,腥秽荡空,戈甲山积。贼帅以轻车驰送于贵主,贵主登平朔楼受之。举国士民,咸来会集。引于楼前,以礼责问,唯称死罪,竟绝他词。遂令押赴都市腰斩。临刑,有一使乘传来自王所,持急诏令促赦之,曰:'朝那之罪,吾之罪也,汝可赦之,以轻吾过。'贵主以父母再通音问,喜不自胜,谓诸将曰:'朝那安动,即父之命也。今使赦之,亦父之命也。昔吾违命,乃贞节也。今若又违,是不祥也。'遂命解缚,使单骑送归。未及,朝那包羞,而卒于路。

"余以克敌之功，大被宠锡。寻备礼拜平难大将军，食朔方三千户，别赐第宅、舆马、宝器、衣服、婢仆、园林、邸第、旌幡、铠甲。次及诸将，赏赉有差。明日大宴，预坐者不过五六人。前者六七女，皆来侍坐。风姿艳态，愈觉动人。竟夕张饮甚欢。酒至，贵主捧觞而言曰：'妾之不幸，少处空闺，天赋孤贞，不从严父之命，屏居于此三纪矣。蓬首灰心，未得其死。邻童迫胁，几至颠危。非有相公之殊恩、将军之雄武，则息国不贤之妇，又为朝那之囚矣。永言斯惠，终天不忘。'遂以七宝钟酌酒，使人持送郑将军。余因避席再拜而饮。

"余自是颇动归心，词理恳切，遂许给假一月。宴罢，出。明日，拜谢讫，拥其麾下三十余人，返于来路。所经之处，闻鸡犬颇甚酸辛。俄顷到家，见家人聚泣，灵帐俨然。麾下一人，令余促入棺缝之中。余欲前，而为左右所耸。俄闻雷震一声，醒然而寤。"

承符自此不事家产，唯以后事付妻孥。果经一月，无疾而终。其初欲暴卒时，告其所亲曰："余本机钤入用，效即戎行，虽奇功蔑闻，而薄效粗立。洎遭衅累，谴谪于兹，平生志气，郁而未申。丈夫终当扇长风、摧巨浪，挟泰山以压卵，决东河以沃萤，奋其鹰犬之心，为人雪不平之事。吾朝夕当有所受，与子分襟，固不久矣。"

其月十三日，有人自薛举城晨走十余里，天初平晓，忽见前有车尘竞起，旌旗焕赤，数百人中拥一人，气概洋洋。逼而视之，郑承符也。此人惊讶移时，因伫于路左，见瞥如风云抵善女湫，俄顷，悄无见。

杜 秋

唐杜牧《杜秋传》云：杜秋，金陵女也。年十五为李锜妾，后锜叛灭，籍之入宫，有宠于景陵。穆宗即位，命秋为皇子傅姆。皇子壮，封漳王。郑注用事，诬丞相欲去己者，指王为根。王被罪废削，秋因赐归故里。

杜秋图

予过金陵，感其穷且老，为之赋诗云："京江水清滑，生女白如脂。其间杜秋者，不劳朱粉施。老濞即山铸，后庭千双眉。秋持玉斝醉，与唱金缕衣。濞既白首叛，秋亦红泪滋。

吴江落日渡，灞岸绿杨垂。联裾见天子，盼眄独依依。椒壁悬锦幕，镜奁蟠蛟螭。低鬟认新宠，窈窕复融怡。月上白璧门，桂影凉参差。金阶露新重，闲捻紫箫吹。莓苔夹城路，南苑雁初飞。红粉羽林仗，独赐辟邪旗。归来煮豹胎，餍饫不能饴。咸池升日庆，铜雀分香悲。雷音后车远，事往落花时。燕禖得皇子，壮发绿绿缕。画堂授傅姆，天人亲捧持。虎睛珠络褓，金盘犀镇帷。长扬射熊罴，武帐弄哑咿。渐抛竹马剧，稍出舞鸡奇。崭崭整冠佩，侍宴坐瑶池。眉宇俨图画，神秀射朝辉。一尺桐偶人，江充知自欺。王幽茅土削，秋放故乡归。觚棱拂斗极，回首尚迟迟。四朝三十载，似梦复疑非。潼关识旧吏，吏发已如丝。却唤吴江渡，舟人那得知。归来四邻改，茂苑草菲菲。清血洒不尽，仰天知问谁。寒衣一匹素，夜借邻人机。我昨金陵过，闻之为歔欷。自古皆一贯，变化安能推。夏姬灭两国，逃作巫臣姬。西子下姑苏，一舸逐鸱夷。织室魏豹俘，作汉太平基。误置代籍中，两朝尊母仪。光武绍高祖，本系生唐儿。珊瑚破高齐，作婢春黄糜。萧后去扬州，突厥为阏氏。女子固不定，士林亦难期。射钩后呼父，钓翁王者师。无国要孟子，有人毁仲尼。秦因逐客令，柄归丞相斯。安知魏齐首，见断箦中尸。给丧蹶张辈，廊庙冠峨危。珥貂七叶贵，何妨我虏支。苏武却生返,邓通终死饥。主张既难测,翻覆亦其宜。地尽有何物,天外复何之。指何为而捉,足何为而驰,耳何为而听,目何为而窥。己身不自晓,此外何思惟。因倾一樽酒,题作杜秋诗。愁来独长咏,聊可以自怡。"

步非烟

唐皇甫枚《步非烟传》云:临淮武公业,咸通中,任河南府功曹参军。爱妾曰非烟,姓步氏,容止纤丽,若不任绮罗;善奏声,好文墨,尤工击瓯,其韵与丝竹合。公业甚嬖之。

其比邻天水赵氏子曰象,才弱冠,端秀有文,于南垣隙中窥见非烟,神气俱丧,废食息焉。乃厚赂公业之阍,以情告之。阍有难色,复为厚利所动,乃令其妻伺非烟闲处,婉述象

步非烟,即步飞烟,是唐传奇《步非烟》中的女主角,唐懿宗时期临淮武公业的爱妾,曰非烟,姓步氏,容止纤丽,若不胜绮罗。

意。非烟闻之,但含笑凝睇而不答。门媪尽以语象,象发狂心荡,不知所如,乃取薛涛笺,题绝句曰:"一睹倾城貌,尘心

只自猜。不随萧史去,拟学阿兰来。"以所题密缄之,祈门姬达非烟。

烟读毕,吁嗟良久,谓姬曰:"我亦曾窥见赵郎,大好才貌,此身福薄,不得当耳。"盖鄙武生粗悍,非良配也。乃复酬篇,写于金凤笺曰:"绿惨双蛾不自持,只缘幽恨在新诗。郎心应似琴心怨,脉脉春情更泥谁。"封付门姬,令遗象。

象启缄,吟讽数四,拊掌喜曰:"吾事谐矣!"又以剡溪玉叶纸赋诗以谢曰:"珍重佳人赠好音,彩笺方翰两情深。薄于蝉翼难供恨,密似蝇头未写心,疑见落花迷碧洞,只思轻雨洒幽襟。百回消息千回梦,裁作长谣寄绿琴。"

诗去旬日,门姬不复来,象忧懑,恐事泄,或非烟追悔。春夕,于前庭独坐,赋诗曰:"绿暗红藏起暝烟,独将幽恨小庭前。重重良夜与谁语,星隔银河月半天。"明日,晨起吟际,而门姬来传非烟语曰:"勿讶旬日无信,盖以微有不安。"因授象以连蝉锦香囊、彩笺小简,诗曰:"无力严妆倚绣笼,暗题蝉锦思难穷。近来赢得伤春病,柳弱花欹怯晓风。"

象结锦囊于怀,细读小简,又恐烟幽思增疾,乃剪乌丝,简为回缄,曰:"春日迟迟,人心悄悄。自因窥觑,长役梦魂。虽羽驾尘轻,难于会合;而丹诚皎日,誓以周旋。况又闻乘春多感,芳履违和,耗冰雪之研姿,郁蕙兰之佳气。忧抑之极,恨不翻飞。企望宽情,无至憔悴。莫孤短韵,宁爽后期。惝怳寸心,书岂能尽;兼持菲什,仰继华篇。"诗曰:"见说伤情为见春,想封蝉锦绿蛾颦。叩头与报烟卿道,第一风流最损人。"

门媪既得回报,径赍诣烟。武公业时为府掾属,公务繁夥,或数夜一直,或竟日不归。是时适值,武入府曹。烟拆书得以款曲寻绎,既而长太息曰:"丈夫之志,女子之心,情契魂交,视远如近也。"于是阖户垂幌,为书曰:"下妾不幸,垂髫而孤。中间为媒妁所欺,遂匹合于非类。每至清风朗月,移玉柱以增怀;秋帐冬缸,泛金徽而寄恨。岂期公子忽贻好音,发华缄而思飞,讽丽句而目断。所恨洛川波隔,贾午墙高,联云不及于秦台,荐梦尚遥于楚岫。犹望天从素恳,神假微机,一拜清光,九殒无恨。兼题短什,用寄幽怀。"诗曰:"画檐春燕须同宿,兰浦双鸳肯独飞。长恨桃源诸女伴,等闲花里送郎归。"封讫,召门媪令达于象。

象览书及诗,以烟意稍切,喜不自持。但静堂焚香,虔祷以俟。

忽一日将夕,门媪步而至,笑且拜曰:"赵郎愿见神仙否?"赵惊,连问之。传烟语曰:"今夜功曹府直,可谓良时。

妾家后庭，郎君之前垣也。不渝惠好，专望来仪。方寸万种，悉俟晤语。"

既曛黑，象乃跻梯而登，烟已令重榻而下。既下，见烟靓妆盛服，立于花下。拜讫，俱以喜极不能言，乃相携自后门入房中，背缸解衿，尽缱绻之意焉。及晓钟初动，复送象于垣下。烟执象手泣曰："今日相遇，乃前生姻缘耳。勿谓妾无玉洁松贞之志，放荡如斯；直以郎之风调不能自持，愿深鉴之。"象曰："挹希世之貌，见出人之心；已誓幽衷，承奉欢狎。"言讫，象逾垣而归。

明日，托门媪赠烟诗曰："十洞三清虽路阻，有心还得傍瑶台。瑞香风引思深夜，知是蕊宫仙驭来。"烟览诗微笑，复赠象诗曰："相思只怕不相识，相见还愁却别君。愿得化为松上鹤，一双飞去入云行。"封付门媪，仍令语象曰："赖妾有小小篇咏，不然，君作几许大千面目？"

兹不盈旬，常得一期于后庭矣。展微密之思，罄宿昔之心，以为鱼鸟不知，神人相助。或景物寓目，歌诗寄情，往来更繁，不能悉载。如是者周岁。

无何，烟数以细过挞其女奴，奴阴衔之，乘间尽以告公业。公业曰："汝慎言，我当伺察之。"

后至直日，乃伪陈状请假，迨如常人，身遂潜于里门。

街鼓既作,匍伏而归。循墙至后庭,见烟方倚户微吟,象则据垣斜睇。公业不胜其愤,挺前欲擒,象觉跳去。搏之,得其半襦。乃入室呼烟,诘之。烟色动声战,而不以实告。公业愈怒,缚之大柱,鞭楚流血。但云:"生得相亲,死亦何恨!"深夜,公业怠而假寐。烟呼其所爱女仆曰:"与我一杯水。"水至,饮尽而绝。公业起,将复笞之,已死矣。乃解缚,举至阁中,连呼之,声言烟暴疾至殒。后数日,葬于北邙。而里巷间皆知其强死矣。象因变服易名,远窜江浙间。

洛阳才士有崔李二生,常与武掾游处。崔赋诗末句云:"恰似传花人饮散,空抛床下最繁枝。"其夕,梦烟谢曰:"妾貌虽不逮桃李,而零落过之。捧君佳什,愧仰无已。"李生诗末句云:"艳魄香魂如有在,还应羞见坠楼人。"其夕,梦烟戟手而言曰:"士有百行,君得全乎?何至自矜片言,苦相诋斥?当屈君于地下面证之。"数日,李生卒,时人异焉。

狄 氏

宋廉暄《清尊录》云:狄氏者,家故贵,以色名动京师,所嫁亦贵家，明艳绝世。每灯夕及西池春游，都城士女欢集，自诸王邸第及公侯戚里中贵人家，帟幕车马相属。虽歌姝舞姬，皆饰珰翠、佩珠犀，览镜顾影，人人自谓倾国。及狄氏至，靓妆却扇，亭亭独出，虽平时妒悍自炫者，皆羞服。至相忿诋，辄曰："若美如狄夫人邪？乃相凌我！"其名动一时如此。然狄氏资性贞淑，遇族游群饮，澹如也。

有滕生者，因出游，观之骇慕，丧魂魄归，悒悒不聊生。访狄氏所厚善者，或曰："尼慧澄与之习。"生过尼，厚遗之，日日往。尼愧谢问故，生曰："极知不可，幸万分一耳，不然且死！"尼曰："试言之。"生以狄氏告。尼笑曰："大难！大难！此岂可动耶？"具道其决不可状。生曰："然则有所好乎？"曰："亦无有。唯旬日前，属我求珠玑颇急。"生大喜曰："可也。"即索马驰去。俄怀大珠二囊示尼曰："直二万缗，愿以万缗归之。"尼曰："其夫方使北，岂能遽办如许偿邪？"生亟曰："四五千缗，不则千缗数百缗，皆可。"又曰："但可动，不须一钱也。"

尼乃持诣狄氏。果大喜，玩不已。问须直几何，尼以万缗告。狄氏惊曰："是才半直尔！然我未能办，奈何？"尼因屏人曰："不必钱，此一官欲祝事耳。"狄氏曰："何事？"曰："雪失官耳。夫人兄弟夫族皆可为也。"狄氏曰："持去，我徐思之。"尼曰："彼事急,且投他人,可复得邪? 姑留之,明旦来问报。"遂辞去,且以告生,生益厚饷之。

尼明日复往,狄氏曰："我为营之良易。"尼曰："事有难言者。二万缗物付一秃媪,而主客不相问,使彼何以为信?"狄氏曰："奈何?"尼曰："夫人以设斋来院中,使彼若邂逅者,可乎?"狄氏赪面摇手曰："不可!"尼愠曰："非有他,但欲言雪官事,使彼无疑耳。果不可,我不敢强也。"狄氏乃徐曰:"后二日,我亡兄忌日,可往。然立语亟遣之。"尼曰："固也。"尼归及门,生已先在,诘之,具道本末。拜之曰："仪秦之辨,不加于此矣!"

及期,尼为治斋具,而生匿小室中,具酒肴俟之。哺时,狄氏严饰而至,屏从者,独携一小侍儿,见尼曰："其人来乎?"曰："未也。"呗祝毕,尼使童子主侍儿,引狄氏至小室。搴帘,见生及饮具,大惊,欲避去。生出拜,狄氏答拜。尼曰："郎君欲以一卮为夫人寿,愿勿辞。"生固顾秀,狄氏颇心动,睇而笑曰："有事第言之。"尼固挽使坐,生持酒劝之。狄氏不能却,为尽卮,即持酒酬生。生因徙坐,拥狄氏曰："为子且死,不意果得子!"拥之即帏中,狄氏亦欢然,恨相得之晚也。比夜散去,犹徘徊顾生,挚其手曰："非今日,几虚作一世人,夜当与子会。"自是，夜辄开垣门召生，无阙夕。所以奉生者靡不至，惟恐毫丝不当其意也。

数月，狄氏夫归。生小人也，阴计已得狄氏，不能弃重贿，伺其夫与客坐，遣仆入白曰："某官尝以珠直二万缗，卖第中，久未得直，且讼于官。"夫谔眙，入诘，狄氏语塞曰："然。"夫督取还之。生得珠，复遣尼谢狄氏："我安得此，贷于亲戚，以动子耳。"狄氏虽恚甚，终不能忘生，夫出，辄召与通。逾年夫觉，闲之严。狄氏以念生，病死。余在太学时亲见。

曹氏女

宋廉暄《清尊录》云：崇宁中，有王生者，贵家之子也。随计至都下，尝薄暮被酒至延秋坊，过一小宅，有女子甚美，独立于门，徘徊徙倚，若有所待者。生方注目，忽有驺骑呵卫而至，下马于此宅，女子亦避去。匆匆遂行，初不暇问其何姓氏也。抵夜归，复过其门，则寂然无声。循墙而东数十步，有隙地丈余，盖其宅后也。忽自内掷一瓦出，拾视之，有字云："夜于此相候。"生以墙上剥粉戏书瓦背云："三更后宜出也。"复掷入焉，因稍退十余步伺之。少顷，一男子至，周视地上，无所见，微叹而去。

既而三鼓，月高雾合，生亦倦睡欲归矣。忽墙门轧然而开，一女子先出，一老媪负箧从后。生遽就之，乃适所见立门首者。熟视生，愕然曰："非也。"回顾媪，媪亦曰："非也。"将复入。生挽而劫之曰："汝为女子，而夜与人期至此，我执汝诣官，丑声一出，辱汝门户。我邂逅遇汝，亦有前缘，不若从我去。"女泣而从之。生携归逆旅，匿小楼中。

女自言曹氏，父早死，独有己一女，母钟爱之，为择所归。女素悦姑之子某，欲嫁之，使乳媪达意于母。母意以某无官，弗从，遂私约相奔。墙下微叹而去者，当是也。

生既南宫不利，迁延数月无归意。其父使人询之，颇知有女子偕处，大怒，促生归，扃之别室。女所赍甚厚，大半为生费，所余与媪坐食垂尽。使人访其母，则以亡女故，抑郁而死久矣。女不得已，与媪谋下汴访生所在。时生侍父官闽中。女至广陵，资尽不能进，遂隶乐籍，易姓名为苏媛。生游四方，亦不知女安否。

数年，自浙中召赴阙，过广陵。女以倡侍宴，识生。生亦讶其似女，屡目之。酒半，女捧觞劝，不觉两泪堕酒中。生凄然曰："汝何以至此？"女以本末告，泪随语零。生亦愧叹流涕，不终席，辞疾而起。密召女，纳为侧室。

其后生子，仕至尚书郎，历数郡。生表弟临淮李从为余言。

东坡妾碧桃

清叶廷琯《鸥陂渔话》云：江右都昌县有坡翁诗石刻云：

苏东坡，宋代文学家，书画家。字子瞻，号东坡居士。有《东坡七集》等流传于世。

"翻阳湖上都昌县，灯火楼台一万家。水隔南山人不渡，东风吹老碧桃花。"署"眉山苏轼书"。嘉庆中，杭人王文诰撰苏集，编注云："其友人衡山王泉之作令江西，尝以事至都昌，见《都昌志》称，坡公南迁时，遣妾碧桃于县，因为此诗。

东坡妾榴花

宋陈鹄《耆旧续闻》云：陆辰州子逸，尝谓余曰：东坡《贺新郎词》后撷用榴花事，人少知其意。某尝于晁以道家见东坡真迹,晁云:东坡妾名曰朝云、榴花。朝云死于岭外,东坡尝作《西江月》一阕,寓意于梅,所谓"高情已逐晓云空"是也。惟榴花独存,故其词多及之。观"浮花浪蕊都尽,伴君幽独",可见其意矣。

第三章 | 陈圆圆

　　圆圆陈姓，玉峰歌妓也，声甲天下之声，色甲天下之色。崇祯癸未岁，总兵吴三桂慕其名，赍千金往聘之，已先为田畹所得。时圆圆以不得事吴，怏怏也，而吴更甚。田畹者，怀宗妃之父也，年耄矣。圆圆度流水高山之曲以歌之，畹每击节，不知其悼知音之希也。甲申春，流氛大炽，怀宗宵旰忧之，废寝食，妃谋所以解帝忧者于父，畹进圆圆。圆圆扫眉而入，冀邀一顾，帝穆然也，旋命之归畹第。

朱淑真

宋词媛《朱淑真事略》云:欧阳永叔《生查子·元夕》词,误入朱淑真集,升庵引之,谓非良家妇所宜。《钦定四库全书提要》辨之详矣。魏端礼《断肠集》序云:"早岁父母失宷,嫁为市井民妻,一生抑郁不得志。"升庵之说,实原于此。今据集中诗(余藏《断肠集》鲍渌歈手斠本、巴陵方氏碧琳瑯馆景元抄本,又从《宋元百家诗》、后村《千家诗》、《名媛诗归》暨各选本辑补遗一卷)及它书考之,淑真自号幽栖居士,钱塘人(《四库提要》);或曰海宁人,文公侄女(《古今女史》),居宝康巷(《西湖游览志》,在涌金门内、如意桥北);或曰钱塘下里人,世居桃村(《全浙诗话》),幼警慧,善读书(《游览志》),文章幽艳(《女史》),工绘事(《杜东原集》有朱淑真梅竹图题跋,《沈石田集》有题淑真画竹诗),晓音律(本诗《答求谱》云:"春酝酽处多伤感,那得心情事管弦")。父官浙西。绍定三年二月,淑真作《璇玑图记》有云:家君宦游浙西,好拾清玩,凡可人意者,虽重购,不惜也(《池北偶谈》)。其家有东园、西园、西楼、水阁、桂堂、依绿亭诸胜(本诗《晚春会东园》云:"红点苔痕绿满枝,举杯和泪送春归。仓庚有意留残景,杜宇无情恋晚晖。蝶趁落花盘地舞,燕随柳絮入帘飞。醉中曾记题诗处,临水人家半掩扉。"《春游西园》云:"闲步西园里,春风明媚天。蝶疑庄叟梦,絮忆谢娘联。蹋草翠茵软,看花红锦鲜。徘徊林影下,欲去又依然。"《西楼纳凉》云:"小阁对芙蕖,嚣尘一点无。水风凉枕簟,雪葛爽肌肤。"《夏日游水阁》云:"淡红衫子透肌肤,夏日初长板阁虚。独自凭栏无个事,水风凉处读残书。"《纳凉桂堂》云:"微凉待月画楼西,风递荷香拂面吹。先自桂堂无暑气,那堪人唱雪堂词。"《夜留依绿亭》云:"水鸟栖烟夜不喧,风传宫漏到湖边。三更好月十分魄,万里无云一样天。"按各诗所云,如长日读书,夜留待月,确是家园游赏情景。淑真它作,多思亲念远之意,此独不然。《依绿亭》云:"风传宫漏到湖边",当是寓钱塘作,不在于归后也。)夫家姓氏失考,似初应礼部试,(本诗《贺人移学东轩》云:"一轩潇洒正东偏,屏弃嚣尘聚简篇。美璞莫辞雕作器,涓流终见积成渊。谢班难继予惭甚,颜孟堪希子勉旃。鸿鹄羽仪当养就,飞腾早晚看冲天。"《送人赴礼部试》云:"春闱报罢已三年,又向西风促去鞭。屡鼓莫嫌非作气,一飞当自卜冲天。贾生少达终何遇,马援才高老更坚。大抵功名无早晚,平津今见起菑川。"按二诗似赠外之作。)其后官江南者。(本诗《春日书怀》云："从宦东西不白由，亲帏千里泪长流。"《寒食咏怀》云："江南寒食更风流，丝管纷纷逐胜游。春色眼前无限好，思亲怀土自多愁。"按二诗言亲帏千里，思亲怀土，当是于归后作。)淑真从宦，常往来吴越荆楚间(本诗《舟行即事》其六云："岁暮天涯客异乡，扁舟今又渡潇湘。"《题斗野亭》云："地分吴楚界，人在斗牛中。"按《舟行即事》其二云："白云遥望有亲庐"，其四云："目断亲帏瞻不到"，其七云："庭帏献寿阻传杯"，又《秋日得书》云："已有归宁约"，足为于归后远离之确证。)与曾布妻魏氏为词友(《御选历代诗余》词人姓氏)，尝会魏，席上赋小鬟妙舞，以"飞雪满群山"为韵，作五绝句；又宴谢夫人堂，有诗，今并载集中。

朱淑真断肠诗词

淑真生平，大略如此。旧说悠谬，其证有三。其父既曰宦游，又尝留意清玩，东园诸作，可想见其家世，何至下嫁庸夫，一证也。市井民妻，何得有从宦之事，二证也。(按本诗《江上阻风》云："拨闷喜陪尊有酒，供厨不虑食无钱"，《酒醒》云："梦东西酒醒嚼盂冰，侍女贪眠唤不应"，《睡起》云：

"侍儿全不知人意,犹把梅花插一枝。"淑真诗凡言起居服御,绝类大家口吻,不同市井民妻。若近日《西青散记》所载贺双卿诗词,则诚村僻小家语矣。)**魏、谢大家,岂友驵妇,三证也。**

淑真之诗,其词婉而意苦,委曲而难明,当时事迹,别无记载可考。以意揣之,或者其夫远宦,淑真未必皆从,容有窦滔阳台之事,未可知也。(本诗《恨春》云:"春光正好多风雨,恩爱方深奈别离。"《初夏》云:"待封一掬伤心泪,寄与南楼薄幸人。"《梅窗书事》云:"清香未寄江南梦,偏恼幽闺独睡人。"《惜春》云:"愿教青帝长为主,莫遣纷纷点翠苔。"《愁怀》云:"鸥鹭鸳鸯作一池,须知羽翼不相宜。东君是与花为主,一任多生连理枝。"按:《愁怀》一首,大似讽夫纳姬之作。近有才妇讽夫纳姬诗云:"荷叶与荷花,红绿两相配。鸳鸯自有群,鸥鹭莫入队。"政与此诗暗合。《游览志余》改后二句作:"东君不与花为主,何似休生连理枝",以为淑真厌薄其夫之左证。何乐于此,其心地殆不可知。)**它如思亲感旧诸什,意各有指,以证断肠之名**(按淑真殁后,端礼辑其诗词名曰《断肠集》,非淑真自名也),**尤为非是。**

《生查子》词,今载《庐陵集》第一百三十一卷(《四库提要》),宋曾慥《乐府雅词》、明陈耀文《花草粹编》并作永叔。

慺录欧词特慎,《雅词》序曰:"当时或作艳曲,谬为公词,今悉删除。"此阕适在选中,其为欧词明甚。余昔斠刻汲古阁木刻本《断肠词》跋语中详记之,兹复著于篇。

崔 莹

黄九烟《张灵崔莹合传》云:张梦晋,名灵,盖正德时吴县人也。生而姿容俊爽,才调无双,工诗善画,性风流豪放,不可一世。家故赤贫,而灵独早慧,当舞勺时,父命灵出应童子试,辄以冠军补弟子员。灵心顾不乐,以为才子何苦为章缝束缚,遂绝意不欲复应试,日纵酒高吟,不肯妄交人,人亦不敢轻与交,惟与唐解元六如作忘年友。

灵既年长,不娶,六如试叩之,灵笑曰:"君岂有意中人,足当吾偶者耶?"六如曰:"无之,但自古才子宜配佳人,吾聊以此探君耳。"灵曰:"固然,今岂有其人哉?求之数千年中,可当才子佳人者,惟李太白与崔莺莺耳。吾虽不才,然自谪仙而外,似不敢多让。若双文惜下嫁郑恒,正未知果识张君瑞否?"六如曰:"谨受教。吾自今请为君访之,期得双文,以报命可乎?"遂大笑别去。

一日,灵独坐读《刘伶传》,命童子进酒,屡读屡叫绝,辄拍案浮一大白。久之，童子跪进曰："酒罄矣，今日唐解元与祝京兆宴集虎丘，公何不挟此编一往索醉耶？"灵大喜即行。然不欲为不速客，乃屏弃衣冠，科跣双髻，衣鹑结，左持《刘伶传》，右持木杖，讴吟道情词，行乞而前。抵虎丘，见贵游蚁聚，绮席喧阗，灵每过一处，辄执书向客曰："刘伶告饮。"客见其美丈夫，不类丐者，竞以酒馔贻之。有数贾人方酌酒赋诗，灵至前请属和。贾人笑之，其诗中有苍官、青事、扑握、伊尼四事，因指以问。灵曰："松竹兔鹿，谁不知耶？"贾人始惊，令赓诗。灵立即挥百绝而去。

遥见六如及枝山数辈共集可中亭，亦趋前执书告饮。六如早已知为灵，见其佯狂游戏，戒座客阳为不识者，以观之。语灵曰："尔丐子持书行乞，想能赋诗，试题悟石轩一绝句。如佳，则赐尔卮酒。否则，当扣尔胫。"灵曰："易耳。"童子随进毫楮，灵即书云："胜迹天成说虎丘，可中亭畔足酣游。吟诗岂让生公法，顽石如何不点头。"遂并毫楮掷地曰："佳哉，掷地金声也！"六如览之大笑，因呼与共饮。时观者如堵，莫不相顾惊怪。灵既醉，即拂衣起，仍执书向悟石轩长揖曰："刘伶谢饮。"遂不别座客，径去。

六如谓枝山曰："今日吾辈此举，不减晋人风流。宜写一帖为张灵行乞图，吾任绘事，而公题跋之，亦千秋佳话也。"即舐笔伸纸,俄顷图成,枝山题数语其后。座客争传玩叹赏。忽一翁缟衣素冠,前揖曰:"二公即唐解元、祝京兆耶?仆企慕有年,何幸识韩。"六如逊谢,徐叩之,则南昌明经崔文博,以海虞广文告归者也。翁得图谛观,不忍释手,因讯适行乞者为谁。六如曰:"敝里才子张灵也。"翁曰:"诚然,此固非真才子不能。"即向六如乞此图归。

将返舟,见舟已移泊他所,呼之始至。盖翁有女素琼者,名莹,才貌俱绝世,以新丧母,随翁扶榇归。先舣舟岸侧,时闻人声喧沸,乍启舱窥之,则见一丐者,状貌殊不俗。丐者亦熟视舱中,忽登舟长跪,自陈张灵求见,发遣不去。良久,有一童子入舟强挽之,始去,故莹命移舟避之。崔翁乃出图示莹,且备述其故,莹始知行丐者为张灵。叹曰:"此乃真风流才子也。"取图藏箧中。翁拟以明日往谒唐祝二君,因访灵。忽抱疴,数日不起,为榜人所促,遽返豫章。

灵既于舟次见莹,以为绝代佳人,世难再得,遂日走虎丘侦之,久之杳然。属鄞人方志来校士,志既深恶古文词,而又闻灵跅弛不羁,竟褫其诸生。灵闻,乃大喜曰:"吾正苦章缝束缚,今幸免矣。顾一褫,何虑再褫。彼能褫吾诸生之名,亦能褫吾才子之名乎?"遂往过六如家。见车骑填门,胥尉盈座,则江右宁藩宸濠遣使来迎者也。六如拟赴招,灵曰："甚善，吾正有厚望于君。吾曩者虎丘所遇之佳人，即豫章人也，乞君为我多方访之。冀得，当以报我。此开天辟地第一吃紧事也，幸无忽忘。"六如曰："诺。"即偕藩使过豫章。

时宸濠久蓄异谋，其招致六如，一博好贤虚誉，一慕六如诗画兼长，欲倩其作十美图，献之九重。其时宫中已觅得九人，尚虚其一。六如请先写之，遂为写九美，而各缀七绝一章于后。九美者：广陵汤之霭（字雨君，善画），姑苏木桂（字文舟，善琴），嘉禾朱家淑（字文儒，善书），金陵钱韶（字凤生，善歌），江陵熊御（字小冯，善舞），荆溪杜若（字芳洲，善筝），洛阳花萼（字朱芳，善笙），钱塘柳春阳（字絮才，善瑟），公安薛幼端（字端清，善箫）也。

图咏既成，进之濠。濠大悦，乃盛设筵，特宴六如，而别一殿僚季生副之。季生者，憸人也。酒次，请观九美图，因进曰："十美欠一，殊属缺陷，某愿举一人，以充其数。诘朝请持图来献。"比持图来，即崔莹也。濠见之曰："此真国色矣！"即属季生往说之。

先是，崔翁家居时，莹才名噪甚，求姻者踵至。翁度非莹匹，悉拒不纳。既从虎丘得张灵，遂雅属意灵，不意疾作遽归，思复往吴中，托六如主其事。适季生旋里丧耦，熟闻莹名，预遣女画师潜绘其容，而求于翁。翁谋诸莹，莹固不许。于是季生衔之，因假手于濠，以泄私愤。时濠威殊张甚，翁再三力辞不得，莹窘激，欲自裁，翁复多方护之。莹叹曰："命也已矣，夫复何言！"乃取笥中行乞图，自题诗其上云："才子风流第一人，愿随行乞乐清贫。入宫只恐无红叶，临别题诗当会真。"举以授翁曰："愿持此复张郎，俾知世间有情痴女子如崔素琼者，亦不虚其一生才子也。"遂恸哭入宫。

濠得之甚喜，复倩六如图咏，以为十美之冠。而六如先以取季生所献者，摹得一纸藏之。莹既知六如在宫中，乘间默致一缄，以述己意。六如得缄，始大惊惋，始知此女即灵所托访者。今事既不成，复为绘图进献，岂非千古罪人，将来何面目见良友？因急诣崔翁，索得行乞图返宫，将相机维挽。不意十美已即日就道，六如悔恨无已。又见濠逆节渐著，急欲辞归，苦为濠羁縻，乃发狂号呼，颠掷溲秽狼藉。濠久之不能堪，乃遣使送归，杜门月余乃起。过张灵时，灵已颓然卧病矣。

盖灵自别六如后，邑邑亡憀，日纵酒狂呼，或歌或哭。一日中秋，独走虎丘千人石畔，见优伶演剧，灵伫视良久，忽大呼曰："尔等所演不佳，待吾演王子晋吹笙跨鹤。"遂控一童子于地而跨其背，攫伶人笙吹之，命童子作鹤飞。捶之不起,童子怒,掀灵于地。灵起曰:"鹤不肯飞,吾今既不得为天仙,惟当作水仙耳。"遂跃入剑池中。众急救之出,则面额俱损,且伤股不能行。人送归其家。自此,委顿枕席,日日在醉梦中。

至是,忽闻六如至,乃从榻间跃起,急叩豫章佳人状。六如出所摹素琼图示之,灵一见,诧为天人,急捧置案间,顶礼跪拜,自陈才子张灵拜谒云云。已闻莹已入宫,乃抚图痛哭。六如复出莹所题行乞图示之,灵读罢,益痛哭,大呼佳人崔素琼,随踣地呕血不止。家人拥至榻间,病愈甚。三日后,邀六如与诀曰:"已矣唐君,吾今真死矣。死后乞以此图殉葬。"索笔书片纸云:"张灵,字梦晋,风流放诞人也,以情死。"遂掷笔而逝。六如哭之恸,乃葬灵于元墓山之麓,而以图殉焉。捡其生平文章,先已自焚,惟收其诗草及行乞图以归。

时莹已率十美抵都,因驾幸榆林,久之未得进御。而宸濠已举兵反,为王守仁所败,旋即就擒。驾还时,以十美为逆藩所献,悉遣归母家,听其适人。于是莹仍得返豫章,值崔翁已捐馆舍,有老仆崔恩殡之。莹哀痛至甚,然茕子无依,葬父已毕,遂挈装径抵吴门,命崔恩邀六如相见于舟次。莹首讯张灵近状,六如怆然抆涕曰:"辱姊钟情远顾,奈此君福薄,今已为情鬼矣。"莹闻之呜咽失声,询知灵葬于元墓,约明日同往祭之。

六如明日果携灵草及行乞图至，与莹各挐舟抵灵墓所。莹衣缞绖，伏地拜哭甚哀。已乃悬行乞图于墓前，陈设祭仪，坐石台上，徐取灵诗草读之。每读一章，辄酹酒一卮，大呼张灵才子。一呼一哭，哭罢又读，往复不休。六如不忍闻，掩泪归舟。而崔恩伫立已久，劝慰无从，亦起去，徘徊丘垄间。及返，即莹已自经于台畔。恩大惊，走告六如。六如趋视，见莹已死，叹息跪拜曰："大难大难，我唐寅今日得见奇人奇事矣！"

遂具棺衾，将易服殓之。而莹通体衫襦，皆细缀严密，无少隙，知其矢死已久。六如因取诗草及行乞图，并置棺中为殉。启灵冢与莹同穴，而植碑题其上云："明才子张梦晋、佳人崔素琼合葬之墓。"时倾城士人哄传感叹，无贵贱贤愚，争来吊谇，绎络喧阗，云委雨集，哀声动地，殆莫知其由也。

六如既合葬灵莹，检莹所遗橐中装，为置墓田，营丙舍，命崔恩居之，以供春秋奠扫之役。呜呼！才子佳人，一旦至此，庶乎灵、莹之事毕，而六如之事亦毕矣。

而六如于明年仲春，躬诣墓所拜奠。夜宿丙舍傍，辗转不寐，启窗纵目，则万树梅花，一天明月，不知身在人世。六如怅然叹曰："梦晋一生狂放，沦落不偶，今得与崔美人合葬此间,消受香光,亦差可不负矣。但将来未知谁葬我唐寅耳!"不觉歔欷泣下。忽遥闻有人朗吟云:"花满山中高士卧,月明林下美人来。"六如急起,入林迎揖,则张灵也。六如讶曰:"君死已久,安得来此吟高季迪诗?"灵笑曰:"君以为我真死耶?死者形,不死者性。吾既为一世才子,死后岂若他人泯没耶?今乘此花满山中,高士偃卧时,来造访耳。"复举手前指曰:"此非月明林下美人来乎?"六如回顾,有美人姗姗来前,则崔莹也。于是,两人携手整襟,向六如拜谢合葬之德。六如方扶掖之,忽又闻有人大呼曰:"我高季迪梅花诗,乃千古绝唱,何物张灵妄称才子,改雪为花,定须饱我老拳!"六如转瞬之间,灵莹俱失所在,其人直前呼曰:"当捶此改诗之贼才子!"捽六如,欲殴之,六如惊寤,则半窗明月,阒其无人。六如怃然,始信真才子与真佳人,盖死而不死也。因匡坐梅窗下,作《张灵崔莹合传》,以记其事。然今日六如集中,固未尝见此传也,余又安得不亟补之哉!

畸史氏曰:嗟乎!盖吾阅十美图编,而后知世间真有才子佳人也。从来稗官家言,大抵真赝参半。若梦晋之名,章章于六如集中;但素琼之事,无从考证。虽然有其事,何必无其人?且安知非作者有为而发乎?独怪梦晋之才,目空千古,而其尚论才子佳人,则嵩以太白与崔莺莺当之。夫太白诚天上仙才,不可有二。若千古佳人,自当以文君为第一。而梦晋顾舍彼而就此,厥后果遇素琼母,乃思崔得崔,适符其谶耶?至于张以情死,崔以情殉,初非有一词半缕之成约,而慷慨从容,等泰山于鸿毛,徒以情色相怜之故。推此志也,凛凛生气,日月争光,又远出琴心犊鼻之上矣。或者,犹追恨梦晋之早死,以为梦晋若不死,则素琼遣归之日,正崔张好合之年。后此或白头唱和,兰玉盈阶,未可知也。噫!此固庸庸蚩蚩者之厚福也,何有于才子佳人哉!

陈圆圆

陆次云《圆圆传》云:圆圆陈姓,玉峰歌妓也,声甲天下之声,色甲天下之色。崇祯癸未岁,总兵吴三桂慕其名,赍千金往聘之,已先为田畹所得。时圆圆以不得事吴,快快也,而吴更甚。田畹者,怀宗妃之父也,年耄矣。圆圆度流水高山之曲以歌之,畹每击节,不知其悼知音之希也。甲申

陈圆圆,本姓邢,名沅,秦淮八艳之一。明末清初南曲名妓,苏州人,居姑苏山塘街。

春,流氛大炽,怀宗宵旰忧之,废寝食,妃谋所以解帝忧者于父,畹进圆圆。圆圆扫眉而入,冀邀一顾,帝穆然也,旋命之归畹第。

时闯师将迫畿辅矣,帝急召三桂对平台,锡蟒玉,赐上方,托重寄,命守山海关。三桂亦慷慨受命,以忠贞自许也。而寇深矣,长安富贵家胥皇皇,畹忧之,语圆圆。圆圆曰:"当乱世而公无所依,祸必至。易不缔交于吴将军,庶缓急有籍乎?"畹曰:"斯何时!吾欲与之缱绻,不暇也。"圆圆曰:"吴慕公家歌舞有时矣,公鉴于石尉,不借入看,设玉石焚时,能坚闭金谷耶?盍以此请?当必来,无却顾。"

畹然之,遂躬迓吴观家乐。吴欲之,而故却也,强而可。至则戎服临筵,俨然有不可犯之色。畹陈列益盛,礼益恭。酒甫行,吴即欲去。畹屡易席,至邃室,出群姬调丝竹,皆殊秀,一淡妆者统诸美而先众音,情艳意娇。三桂不觉其神移心荡也,遽命解戎服,易轻裘,顾谓畹曰:"此非所谓圆圆耶?洵足倾人城矣!公宁勿畏而拥此耶?"畹不知所答,命圆圆行酒。圆圆至席,吴语曰:"卿乐甚。"圆圆小语曰:"红拂尚不乐越公,矧不迨越公者耶?"吴颔之。酣饮间,警报踵至,吴似不欲行者,而不得不行。畹前席曰:"设寇至,将奈何?"吴遽曰:"能以圆圆见赠,吾当保公家先于保国也。"畹勉许之。吴即命圆圆拜辞畹,择细马驮之去。畹爽然,无如何也。

帝促三桂出关,三桂父督理御营,名骧者,恐帝闻其子载圆圆事,留府第,勿令往。三桂去,而闯贼旋拔城矣。怀宗死社稷,李自成据宫掖,宫人死者半,逸者半。自成询内监曰:"上苑三千,何无一国色耶?"内监曰:"先帝屏声色,鲜佳丽。有一圆圆者,绝世所希,田畹进帝,而帝却之。今闻畹赠三桂,三桂留之其父吴骧第中矣。"是时,骧方降闯,闯即向骧索圆圆,且籍其家,而命其作书以招子也。骧惧从命,进圆圆。自成惊且喜,遽命

吴三桂,字长伯,一字月所,辽东人,祖籍江南高邮,明末清初著名军事家,吴周政权建立者,称吴周太祖。

歌,奏吴歈。自成蹙额曰:"何貌甚佳,而音殊不可耐也?"即命群姬唱西调,操阮筝琥珀,已拍掌以和之。繁音激楚,热耳酸心。顾圆圆曰:"此乐何如?"圆圆曰:"此曲只应天上有,非南鄙之人所能及也。"自成甚嬖之,随遣使以银四万两犒三桂军。

三桂得父书,欣然受命矣。而一侦者至,询之曰:"吾家

无恙耶?"曰:"为闯籍矣。"曰:"吾至当自还也。"又一侦者至,曰:"吾父无恙也?"曰:"为闯拘絷矣。"曰:"吾至当即释也。"又一侦者至,曰:"陈夫人无恙耶?"曰:"为闯得之矣!"三桂拔剑砍案曰:"果有是,吾从若耶!"因作书答父,略曰:"儿以父荫,待罪戎行,以为李贼猖狂不久,即当扑灭。不意我国无人,望风而靡。侧闻圣主晏驾,不胜眦裂。犹意吾父奋椎一击,誓不俱生。不则刎颈以殉国难,何乃隐忍偷生,训以非义?既无孝宽御寇之才,复愧平原骂贼之勇。父既不能为忠臣,儿安能为孝子乎?儿与父决,不早图。贼虽置父鼎俎旁以诱,三桂不顾也。"

随效秦庭之泣,乞主师,以剿巨寇,先败之于一片石。自成怒,戮吴骧并其家人三十余口,欲杀圆圆。圆圆曰:"闻吴将军卷甲来归矣,徒以姜故,又复兴兵。杀姜何足惜,恐其为王死敌,不利也。"自成欲挈圆圆去,圆圆曰:"妾既事大王矣,岂不欲从大王行?恐吴将军以姜故,而穷追不已也。王图之,度能敌彼,妾即褰裳跨征骑。"自成乃凝思,圆圆曰:"妾为大王计,宜留妾缓敌,当说彼不追,以报王之恩遇也。"自成然之。于是弃圆圆,载辎重,狼狈西行。

是时也,闯胆已落,一鼓可灭。三桂复京师,急觅圆圆,既得,相与抱持,喜泣交集。不待圆圆为闯致说,自以为法戒追穷,听其纵逸,而不复问矣。旋受王,封建苏台,营郿邬于滇南,而时命圆圆歌。圆圆每歌大风之章以媚之。吴酒酣,恒拔剑起舞,作发扬蹈厉之容。圆圆即捧觞为寿,以为其神武不可一世也。吴益爱之,故专房之宠,数十年如一日。其蓄异志,作谦恭,阴结天下士,相传多出于同梦之谋。而世之不知者,以三桂能学申胥,以复君父大仇,忠孝人也。曷知其乞师之故,盖在此而不在彼哉!厥后,尊荣南面三十余年,又复浪沸潢池,致劳挞伐!跋扈艳妻,同归歼灭,何足以偿不子不臣之罪也哉!

陆次云曰:语云:"无征不信",圆圆之说有征乎?曰:有,征诸吴梅村祭酒伟业之诗矣。梅村效《琵琶》《长恨》体,作《圆圆曲》以刺三桂,曰"冲冠一怒为红颜",盖实录也。三桂赍重币求去此诗,吴勿许。当其盛时,祭酒能显斥其非,却其赂遗,而不顾于甲寅之乱,似早有以见其微者。呜呼!梅村非诗史之董狐也哉?

钮琇《觚賸》云:延陵将军美丰姿,善射骑,躯干不甚伟硕,而勇力绝人,沉鸷多谋。弱冠中,翘关高选,裘马清狂,颇以风流自赏。一遇佳丽,辄自神留,然未有其意者。常读《汉纪》,至"仕宦当作执金吾,取妻当得阴丽华",慨然叹曰:"我亦遂此愿足矣!"虽一时寄情之语,而妄觊非分意肇于此。

明崇祯末，流氛日炽，秦豫之间关城失守，燕都震动。而大江以南，阻于天堑，民物晏如，方极声色之娱，吴门尤盛。有名妓陈圆圆者，容辞闲雅，额秀颐丰，有林下风致。年十八，隶籍梨园，每一登场，花明雪艳，独出冠时，观者魂断。维时田擅妃宠，两宫不协，烽火羽书相望于道，宸居为之憔悴。外戚周嘉定伯以营葬归苏，将求色艺兼绝之女，由母后进之，以纾宵旰忧，且分西宫之宠。因出重赀购圆圆，载之以北，纳于椒庭。一日，侍后侧，上见之，问所从来，后对："左右供御，鲜同里顺意者，兹女吴人，且娴昆伎，令侍栉盥耳。"上制于田妃，复念国事，不甚顾，遂命遣还。故圆圆仍入周邸。

延陵方为上倚重，奉诏出镇山海。祖道者，绵亘青门以外。嘉定伯首置绮筵饯之甲第，出女乐佐觞。圆圆亦在拥纨之列，轻鬟纤屐，绰约凌云。每至迟声，则歌珠累累，与兰馨并发。延陵停卮流盼，深属意焉。诘朝，使人道情于周，有紫云见惠之请。周将拒之，其昵者说周曰："方今四方多事，寄命干城，严关锁钥，尤称重任。天子尚隆推毂之仪，将军独恧受脤之柄？他日功成奏凯，则二八之赐降自上方，犹非所吝。君侯以田窦之亲，坐膺绂冕，北地芳脂，南都媚黛，皆得致之下陈，何惜一女子以结其欢耶?"周然其说，乃许诺。延陵陛辞，上赐三千金，分千金为聘。限迫即行，未及娶也。嘉定伯盛具飱媵，择吉送其父襄家。

未几，闯贼攻陷京师，宫闱奸荡。贵臣巨室，悉加系累，初索金帛，次录人产。襄亦与焉。闯拥重兵挟襄，以招其子，许以通侯之赏。家人潜至帐前约降，忽问陈娘何在。使不能隐，以籍入告。延陵遂大怒，按剑曰："嗟乎! 大丈夫不能自保其室，何以生为?"即作书与襄诀，勒军入关，缟素发丧，随天旅西下，殄贼过半。贼愤襄，杀之，悬其首于竿，襄家三十八口俱遭惨屠。盖延陵已有正室，亦遇害，而圆圆翻以籍入无恙。

闯弃京出走，十八营解散，各委其辎重妇女于途。延陵追，度故关至山西，昼夜不息，尚未知圆圆之存亡也。其部将已于都城搜访得之，飞骑传送。延陵方驻师绛州，将渡河，闻之大喜。遂于玉帐结五彩楼，备翟茀之服，从以香舆，列旌旄箫鼓三十里，亲往迎迓。虽雾鬟风鬓，不胜掩抑，而翠消红泫，娇态逾增。

自此，由秦入蜀，迄于秉钺滇云，垂旒洱海，人臣之位，于斯已极。圆圆皈依上将，匹合大藩，回忆当年牵萝幽谷，挟瑟勾阑时，岂复思有兹日？是以鹤市莲塘，采香旧侣，艳此奇逢,咸有咳吐九天之羡。

梅村太史有《圆圆曲》曰:"鼎湖当日弃人间,破敌收京下玉关。恸哭六师皆缟素,冲冠一怒为红颜。红颜流落非吾恋,逆贼天亡自荒宴。电扫青巾定黑山,哭罢亲君再相见。相见初经田窦家,侯门歌舞出如花。许将戚里箜篌伎,等取将军油壁车。家本姑苏浣花里,圆圆小字娇罗绮。梦向夫差苑里游,宫娥拥入君王起。前身合是采莲人,门前一片横塘水。横塘双桨去如飞,何处豪家强载归。此际岂知非薄命,此时只有泪沾衣。薰天意气连宫掖,明眸皓齿无人惜。夺归永巷闭良家,教就新声倾客坐。坐客飞觞红日暮,一曲哀弦向谁诉。白皙通侯最少年,拣取花枝屡回顾。早携娇鸟出樊笼,待得银河几时渡。恨杀军书抵死摧,苦留后约将人误。相约恩深相见难,一朝蚁贼满长安。可怜思妇楼头柳,认作天边粉絮看。遍索绿珠围内第,独呼绛雪出雕阑。若非壮士全师胜,争得娥眉匹马还。娥眉马上传呼进,云鬟不整惊魂定。蜡炬迎来在战场,啼妆满面残红印。专征箫鼓向秦川,金牛道上车千乘。斜谷云深起画楼,散关月落开妆镜。传来消息满江乡,乌柏红经十度霜。教曲伎师怜尚在,浣纱女伴忆同行。旧巢共是衔泥燕,飞上枝头变凤凰。长向尊前悲老大,有人夫婿擅侯王。当时只受声名累,

贵戚名豪竞延致。一斛明珠万斛愁，关山漂泊腰肢细。错
怨狂风飏落花，无边春色来天地。尝闻倾国与倾城，翻使周
郎受重名。妻子岂应关大计，英雄无奈是多情。全家白骨
成灰土，一代红妆照汗青。君不见馆娃初起鸳鸯宿，越女如
花看不足。香径尘生鸟自啼，屧廊人去苔空绿。换羽移宫
万里愁，珠歌翠舞古梁州。为君别唱吴宫曲，汉水东南日夜
流。"此诗史微词也。

　　皇朝顺治中，延陵进爵为王，五华山向有永历故宫，乃
据有之。红亭碧沼，曲折依泉，杰阁丰堂，参差因岫，冠以巍
阙，缭以雕墙，袤广数十里。卉木之奇，运自两粤，器玩之
丽，购自八闽。而管弦锦绮，以及书画之属，则必取之三吴，
捆载不绝，以从圆圆之好。延陵既封王，圆圆将正妃位。辞
曰："妾以章台陋质，谬污琼寝，始于一顾之恩，继以千金之
聘。流离契阔，幸保残躯。获与奉匜之役，珠服玉馔，依享
殊荣，分已过矣。今我王析圭祚土，威镇南天，正宜续鸾戚
里，谐凤侯门。上则立体朝廷，下则垂型裨属。稽之大典，
斯曰：德齐若欲蒂弱絮于绣茵，培轻尘于玉几，既蹈非偶之
嫌，必贻无仪之刺。是重妾之罪也，其何敢承命？"延陵不得
已，乃别娶中阃。而后悍妒绝伦，群姬之艳而进幸者，辄杀
之。唯圆圆能顺适其意，屏谢铅华，独居别院，虽贵宠相等，

而不相排轧，亲若姒娣。圆圆之养姥曰陈，故幼从陈姓，本出于邢，至是府中皆称邢太太。

居久之，延陵潜蓄异谋，邢窥其微，以齿暮请为女道士，霞帔星冠，日以药垆经卷自随。延陵训练之暇，每至其处清谈，竟晷而还。府中或事有疑难，遇延陵怒不可解者，邢致一二婉语，立时冰释。常曰："我晨夕焚修，为善是乐，他非所计耳。"内外益敬礼焉。今上之癸丑岁，延陵造逆，丁巳病殁。戊午，滇南平，籍其家。舞衫歌扇，稚蕙娇莺，联舻接轸，俱入禁掖。邢之名氏独不见于籍，其玄机之禅化耶？其红线仙隐耶？其盼盼之终于燕子楼耶？已不可知。然遇乱能全，捐荣不御，皈心净域，晚节克终，使延陵遇于九原，其负愧何如矣！

费宫人

陆次云《费宫人传》云：费宫人，年十六，未详其何地人，德容庄丽。怀宗语周后，命侍公主，主绝怜之。宫人见上忧流氛昌炽，未尝不窃抱杞人虑也。

王承恩者，怀宗之近侍也，宫人私向之问寇警。承恩曰："若居深禁，何容知此？"宫人曰："惟居深禁，不可不知，而预为计也。"承恩奇之。寇愈炽,怀宗忧愈深,宫人之问承恩者愈数。承恩曰:"若何不询诸他人,而惟予数数也?"宫人曰:"人皆泄泄,孰是以君国为意者?吾见公忠诚,故相问耳。"承恩益奇之,曰:"若云预为计,计安出?"宫人曰:"设不幸,计惟有死,要不可徒死耳。"承恩曰:"古人云,使生者死,死者复生,生者不食其言,可谓信矣。若能之乎?"宫人曰:"请验之异日。"有魏宫人者,年差长于费,亦端丽,素与费善。闻其言,曰:"卿计甚难,吾不能为难者,当其时,惟一死以伸吾志耳。"承恩并奇之。

甲申三月十九日,李自成破都城。王承恩走报帝,帝与后泣别,宫中之人皆环泣。后自缢,袁贵妃亦自缢,帝拔剑刃所御嫔妃数人,召公主至,曰:"尔年十五矣,何不幸生我家。"左袖掩面,右手挥刃断左臂,未死,手栗而止。随与承恩至南宫,登万岁山之寿皇亭,自缢。帝居中,而承恩右,承恩且从容拜命,而随于鼎湖也。

时尚衣监何新趋入宫,见帝不得,见公主仆地,他宫人悉散走,费宫人哭侍其侧,相与救之而苏。公主曰:"父皇赐我死,我何敢偷生?且贼至必索宫眷,我终难匿也。"宫人曰:"请以主服赐婢,婢当诳贼以脱主,顾安所往乎?"何新曰:"国丈第可也。"主授衣与婢,而泣与之别。新仓皇负主出。

李自成射承天门，将入宫，魏宫人大呼曰："贼入大内，我辈必受辱，有志者早为计！"奋身跃入御河。须臾，从之死者盈三百，翠积脂凝，河水为之不流，而香且数日也。费宫人目送其死而还，服主服，匿眢井中。贼钩而出，见李自成曰："我长公主也，若不得无理。"自成见其丰艳，心欲纳之；而每升御座，辄神摇目眩，见白衣人长数丈者在前立，又恍如帝之辟易于其左右也，心畏之而不敢。以赐其爱将罗姓者。罗于闯冲陷攻取居首功，故自成赐之以酬勋，罗甚喜。宫人曰："闯命，吾不敢违矣。然我帝子也，尔能设祭祭先帝，而谢从难太监王承恩于其侧，从容尽礼，则从子矣。"罗更喜甚，从其请。宫人泣拜先帝毕，并拜承恩曰："王公王公，尔能死而复生，以验吾言乎？吾将践平生言矣！"

诸贼大张乐为罗贺，罗痛饮大醉，入内，宫人亦具酒为同牢合酳，又以大觥连饮罗。罗得子，欲草一疏谢闯王，而愧无人。宫人曰："是何难，我能之。君盍寝俟，我撰就，语君也。"罗愈喜，陶然就卧，鼾如雷。宫人屏去侍女，挑灯独坐，闻中外之籁俱静，于是以纤指挟匕首，睨罗贼之喉力刺之，罗颈裂，负痛跃起，屡仆屡跃，而始僵。贼众惊辟，排闼救之，已无及。时华烛尚明，众见宫人盛妆端坐而无语，审视之，则已到粉项，而悠然逝矣。闻于自成，自成骇叹而礼葬之，遂以为公主已死，而不复索。

陆次云曰：夫子云："惟女子与小人为难养也。"女子小人，宦官宫妾耶？宫妾如费、魏，宦官如王承恩，即丈夫君子何以过耶？余传之，以愧天下之丈夫而不丈夫，号为君子而不君子者。

柳如是

钮琇《觚賸》云：河东君柳如是，名是，一字靡芜，本名爱柳，其寓姓也。丰姿逸丽，翩若惊鸿，性狷慧，赋诗辄工，尤长近体七言，作书得虞褚法。年二十余，归虞山蒙叟钱宗伯，而河东君始著。

柳如是

先是，我邑盛泽归家院有名妓徐佛者，能琴，善画兰草，虽僻居湖市，而四方才流履满其室。丙子春，娄东张西铭以庶常在假，过吴江，泊垂虹亭下，易小舟访之。佛他适，其弟子曰杨爱，色美于徐，绮谈雅亦什，复过之，西铭一见倾意，携至垂虹，缱绻而别。爱于是心喜自负，谓我生不辰，堕兹埃壒，然非良耦不以委身。今三吴之间，簪缨云集，膏粱纨袴形同木偶，而帖括呫哔幸窃科第者，皆伧父耳。唯博学好古旷代逸才，我乃从之，所谓天下有一人知己，死且无憾。矧盛泽固驵侩之薮也，能郁郁久此土乎？遂易杨以柳，而是其名。闻茸城陈卧子为云间绣虎，移家结邻，觊有所遇。

维时海内鼎沸，严关重镇半化丘墟，虎旅熊师日闻挠败，黄巾交于伊雒，赤羽迫于淮徐。而江左士大夫曾无延林之恐，益事宴游，其于征色选声，极意精讨。以此狭邪红粉，各以容伎相尚，而一时喧誉，独推章台。居松久之，屡以刺谒陈，陈严正不易近，且观其名纸自称女弟，意滋不悦。而虞山宗伯与陈齐望，巍科赡学，又于陈为先辈。因昌言于人曰："天下惟虞山钱学士，始可言才。我非才如学士者不嫁。"适宗伯丧偶，闻之大喜曰："天下有怜才如此女子者耶？我亦非才如柳者不娶！"钱之门多狎客，往来传致，迄于庚辰冬月，柳始遇宗伯，为筑我闻室，十日落成，促席围炉，相与饯岁。

柳有《春日我闻室》之作，诗曰："裁红晕碧泪漫漫，南国春来已薄寒。此去柳花如梦里，向来烟月是愁端。画堂消息何人晓，翠幕容颜独自看。珍重君家兰桂室，东风取次一凭栏。"盖就新去故，喜极而悲，验裙之恨方殷，解佩之情逾切矣。

　　辛巳初夏,结缡于芙蓉舫中,箫鼓遏云,麝兰袭岸,齐牢合卺,凡十其仪。于是三泖荐绅,喧焉腾议,至有轻薄之子掷砖彩鹢、投砾香车者。宗伯吮毫濡墨,笑对镜台,赋催妆诗自若。柳归虞山宗伯,目为绛云仙姥下降。仙好楼居,乃枕峰依堞,于半野堂后构楼五楹,穷丹碧之丽,扁曰"绛云"。大江以南藏书之家,无富于钱,至是益购善本,加以汲古雕镂,舆致其上,牙签宝轴,参差充物其下。黼帷琼寝,与柳日夕晤对。所云"争先石鼎搜联句,怒薄银灯算劫棋",盖纪实也。宗伯披吟之好,晚龄益笃,图史校雠,惟柳是问。每于画眉余暇,临文有所讨论,柳辄上楼缥阅,虽缥缃浮栋,而某书某卷,拈示尖纤,百不失一。或用事微有舛讹,随亦辨正。宗伯悦其慧解,益加怜重。

　　国初,录用前朝耆旧,宗伯赴召,旋墨吏议放还。由是专事述作,柳侍左右,好读书以资放诞。登龙之客,沓至高闾,有时貂冠锦靴,或羽衣霞帔,出与酬应,否则肩筇舆访于逆旅。清辩泉流,雄谈锋起,即英贤宿彦,莫能屈之。宗伯列不芥蒂,曰:"此我高弟,亦良记室也。"常戏称为柳儒士。

　　越十载,庚寅,绛云楼灾时,移居红豆村庄。良辰胜节,必放舟湖山佳处,留连唱和,望者疑以为仙。其《中秋日携内出游》诗曰:"绿浪红兰不殢愁,参差高柳蔽城楼。莺花无恙三春侣,虾菜居然万里舟。照水蜻蜓依鬓影,窥帘蛱蝶上钗头。相看可似嫦娥好,白月分明浸碧流。"柳依韵和曰:"秋水春衫澹暮愁,船窗笑语近红楼。多情落日依兰棹,无藉轻云傍彩舟。月幌歌阑寻麈尾,风床书乱觅搔头。五湖烟水长如此,愿逐鸱夷泛急流。"其他篇什,多附见《有学集》,不尽载。

生一女,嫁毗陵赵编修玉森之子。康熙初,嗣子孝廉君迎宗伯入城同居,而柳与女及婿仍在红豆村。逾二年而宗伯病,柳闻之,自村奔候。未几,宗伯捐馆,柳留城守丧,不及归也。

初,宗伯与其族素不相睦,乃托言宗伯旧有所负,枭悍之徒,聚百人交讧于堂。柳泫然曰:"家有长嫡,义不坐受凌削。未亡人衮有薄赍,留固无用,当捐此以赂凶而纾难。"立出帑千金授之。诘朝,喧集如故。柳遣问曰:"今将奚为?"宗人曰:"昨所颁者,夫人长物耳,未足以赡族长。君华馆连云,腴田错绮,独不可割其半以给贫窭耶?"嗣子惧,不敢出。柳自念欲厌其求,则如宋之割地,地不尽,兵不止,非计也。乃密召宗伯懿亲及门人素厚者,复纠纪纲之仆数辈,部画已定,与之誓曰:"苟念旧德,毋渝此言。"咸应曰:"诺!"柳出厅事，婉以致辞曰："妾之赀尽矣，诚不足以为赠。期以明日置酒合宴，其有所须，多寡惟命。府君之业故在，不我惜也。"众始解散。

是夕，执豕刲羔，肆筵设席。申旦，而群宗麇至。柳谕使列坐丧次，潜令健者阖其前扉，乃入室登荣木楼，若将持物以出者。逡巡久之，家人心讶，入视，则已投环毕命，而大书于壁曰："并力缚饮者而后报官。"嗣君见之，与家人相向号恸。绅缚之属，先一日预聚于室，随出以尽缚凶党，门闭，无得脱者。须臾，邑令至，穷治得实，系凶于狱，以其事上闻，置之法。

夫河东君以泥中弱絮，识所依归，一旦遭家不造，殉义从容，于以御侮，于以亢宗，讵不伟欤？方宗伯初遇柳时，黝颜鲐背，发已鬖鬖斑白；而柳则盛鬋堆鸦，凝脂竟体。燕婉之宵，钱曰："我甚爱卿如云之黑，如玉之白也。"柳曰："我亦甚爱君发如妾之肤，肤如妾之发也。"因相与大笑。故当年酬赠有"风前柳欲窥青眼，雪里山应想白头"之句，竞传人口。而不知一与之醮，终身以之，即奉雁牵丝，有所不逮也如此。

第四章 粟儿

钮琇《觚賸》记载:磐玉之山有美女,姓宋小字粟儿,生而清眸纤指,竟体柔艳。同闾绝爱怜之,皆曰:"宋家粟,其宋家玉乎?"陇西刺史典其州,心闲政裕,工于子墨,州之乡老以粟名上刺史,署为侍砚青衣。刺史雅善鼓琴,退食之暇,每于月亭松阁,兴至挥弦。粟辄携小猊狻以从,拂石几,爇名香,终奏,氤氲肃立无倦容。以是辟扉而入,放衙而归,粟唇恒沾墨渖,麝兰余芳拂拂出袿袖间。见者无不叹刺史风流,亦羡侍者之若仙矣。

粟 儿

钮琇《觚賸》云：磐玉之山有丽人焉，姓宋小字粟儿，生而清眸纤指，竟体柔艳。同间绝爱怜之，皆曰："宋家粟，其宋家玉乎？"陇西刺史典其州，心闲政裕，工于子墨，州之乡老以粟名上刺史，署为侍砚青衣。刺史雅善鼓琴，退食之暇，每于月亭松阁，兴至挥弦。粟辄携小猊狻以从，拂石几，爇名香，终奏，氤氲肃立无倦容。以是辟扉而入，放衙而归，粟唇恒沾墨沛，麝兰余芳拂拂出裓袖间。见者无不叹刺史风流，亦羡侍者之若仙矣。

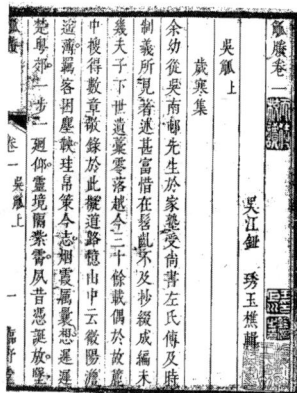

觚賸，笔记体小说，清代钮琇所作，共十二卷。分为正、续二编。《觚賸》正、续二编皆作于钮琇于广东高明知县任期。

岁在甲戌，粟年二八，而赢奉刺史教令日久，词解弥隽。从刺史至长安，馆于萧寺。适有清河公子，号天下才，亦客秦，与刺史之居相望。刺史熟公子名，肩舆往谒。公子丰体岳峙，雄辨泉流，豪迈英悍之色惊照四座。粟立刺史后，数目公子，公子亦窃见粟，忽若神移者。刺史微觇之，归问粟曰："汝有所眷于公子乎？公子年少而才负天下重望，汝能从之游，则栖托之佳无逾于此。"粟再拜，嘿无一言。乃遣粟至公子所。

时维夏五之杪，雨霁凉生，新月半窗，清簟如水。公子孤坐引酌，惘焉有思，粟适至，遽起欢迎，辍所饮酒饮之而曰："仙乎？仙乎？其羽衣之坠空霄乎？其莲花之涌净土乎？今夕何夕，我无以喻我怀也。"粟性不胜勺，捧卮徐进三醻以后，双靥潮红，前启公子曰："儿家刺史贤声溢于关中，貂毂珠履日集其门，以儿视之，率麟楦耳绣虎英雄。今乃得公，辞彼严霜，就尔薰风，儿不自知，魄化心融。"言未己，悄乎变容，泪绳绳下，哽咽不能成音。公子亟以文带承其媚睫，浴以沉水，袥以轻绡，吹芳语绸，拥之忘曙。

居久之，渐及昵狎。因戏谓粟曰："严霜之云，汝固畏刺史者耶？"曰："刺史有父母之尊，云何不畏？"公子曰："我异日建绶入境，面城南临，俨然刺史也，能勿畏耶？"粟笑攘皓腕，微拂公子颐曰："寻春较晚，惆怅芳时，怨且不免，遑言畏乎？"公子感其意，随命丹青善手为图小像，以志弗谖。粟曰："儿对镜自看，差亦无恨。唯写眉时，稍损其黛，则芙蓉远山，千秋于马卿之侧，窃所愿耳。"公子长揖向粟曰："某所不如教而抱影南归，珍为夜光，以终此身者，有如日！"

当刺史过公子时，公子方祖跣洒翰，烟云历落，顷刻尽数纸，付乞书者去。然后擎袴踞榻，拱客就坐，相对啜茗，剧谈上下今古，衮衮不少休。意气闲放，旁若无人。而一遇婉恋，其倾倒缱绻如此。然刺史益心重公子，曰："此情贤也，我当终成之。"既而曰："嗟呼！物莫不各有遇也。龙潜于狱，掘之则云雷之气升；鹊蕴于石，剖之则忠孝之章出。非皆清河已事哉！穷巷幽姿，奚独不然？世有诎于知、屯于合，思友白鸟而客青蝇者，观于粟，可以慰矣。"刺史嗣奉府符，仓卒治装还州。濒行，回顾粟曰："善事公子。"太息登舆而去。

睐　娘

钮琇《觚賸》云：睐娘者，姓易氏，居松陵之舜水镇。祖某以阀阅世宦，累赀亿万。其父某尽散其赀，畜古名画，环室为香木城。城有十架，架藏百卷为率，各以镇金牌记之，其锦韬玉轴者为最品。睐方四五岁，性聪良，善记诵。父尝戏举古人名姓，叩以所作某画，睐即指第几卷中，靡不悉符，父以是爱之。令其掌镂金牌而司画城，呼曰画奴。长及齿龇,作花鸟小图,工刀札,善吟咏。姿体绝丽,未尝假粉脂,而浮香发艳,盈盈欲仙。星眸流离,远黛明媚,复嫣然善睐,故其母氏更画奴名为睐娘。

明甲申岁,海内鼎沸,兵燹所被,诸郡县皆陆沉。秋八月,睐与父母夜饭罢,画槛间列绣灯,围以紫丝步帐,月光掩映帘幕,睐方研墨濡颖,手摹吴道子画观音像,将赛于邻侧醉香庵,施其庵之女冠。未举笔,忽闻号呶成雷,燎火四张,外宅大呼曰:"兵至矣!兵至矣!"睐仓卒入内阁,取画城之锦韬玉轴者持以出,从父母走僻巷中,潜达金牛村。居金牛村三载,卖珠以缀衣,佣绣以佐馔,备旅食之困。时舜水庐室悉为灰烬。

乱稍定,睐父将理故业,而无资可缮。睐泫然曰:"吾家世业隆大,不幸蹈于离乱,茕茕飘寄,非长策也。闻女之姑在午溪东新巷,姑以艾霜守贞,女可就访合居,共为晨昏。女装中有古画十余卷,售之当得千金,父以其值稍葺故庐而新之。女时可从父母从容完聚耳。"父然之,为买小舫,从一女奴,曰问香,赋诗泪别。诗曰:"漂泊何由返故园,桃花春雨照离魂。凭将别后双红袖,记取东风旧泪痕。"遂至东新巷,次于姑家。

姑字倩娘,夫家姓言氏,于新巷亦豪族。倩夫以痀瘵之病走死乱军，无子。倩故甚爱睐娘，视睐娘若子也。倩有表之自出潘生，绪其亲，与倩乃异姓之叔嫂。生故世胄，其父母以行秽见黜于族，偢倩之侧室以居。生能诗文，然无士君子行，窥倩寡处阒寂，日以事请见，睐目哆口，欹肩摄足，以意挑倩娘。倩娘意惑焉，久而相悦。睐之卧室去倩之卧室可百武，在东厢小红楼，锁帘闭帏，旦晚不下楼级。倩之事，问香稍知之，以告睐，睐嘿不应。

倩之家有一园，名隔梦，景颇幽胜。时暮春初旬，倩娘辟诸女从，邀睐娘往游。睐辞以午绣方倦，倩频促之，乃启隔梦门，转曲池，上小山左侧，憩半峰亭。绿柳数树，红栏三折，茶以竹垆，棋以石磴。复转而左，隔太湖石累丈，海棠盛开，烂如绣屏。缘海棠行数十武，一径皆樱桃花，一径皆蔷薇花。倩曰："樱桃未子而花容少媚，不若蔷薇红香足爱也。"挈睐左腕低扇微笑，乃至蔷薇架下。瞥然一声，片花乱舞，落红满鬌鬟间，垂垂拂衫袖。有细彩流苏贯相思子，缀以同心凤凰结，杂花而坠，中睐之右肩。睐惊愕，隔花望见一生，乌巾倩容，凝睇于睐。问香遽呼之曰："潘秀才从谁来耶？"倩娘曰："潘郎从樱桃径来耶？郎素不识睐娘，何敢唐突西子！"生视而笑，倩亦视生而笑，遂散去。

睐知倩之卖己也，赧颜不怿者累日。盖倩娘素悦于生，耻眯之独为君子也，故潜生于以园，俟眯之至，将市秽于眯。倩知事不可谐，于是始不慊于眯，而为生计益深。

一日，眯娘晓妆方竟，绮窗无事，偶叠红笺作细字，集唐句成一绝云："早是伤春梦雨天，莺啼燕语报新年。东风不道珠帘隔，引出幽香落外边。"盖隐刺倩事也。书毕，以玉篆狮镇纸。闻楼级忽有点屐声，乃倩娘至。眯拾裯连屦趋迎倩，红笺诗犹在镇狮下。眯急取置镜台锁隔内，而纸尾半露。倩出读之，纳于杏衫左袖，遽下楼级。眯止之不能，惋悒而已。

倩出中堂，适遇生于梧桐轩下，倩出笺于袖，望生而投曰："樱桃径上有援琴之挑，梧桐轩下乃无掷车之果耶？"生舒笺展视，乃绝句云云，后有画奴戏草四楷书。倩曰："画奴是眯娘小字，红笺是潘郎良媒也。"生携笺而去。

后累日，新霁始凉，金风初扇，沼荷零香，庭草凄绿。眯孤坐凝眸，惘惘有思归之意。见问香携斑竹锁丝篮，篮置画金小方奁，进曰："倩娘以为娘午茶，少润诗脾。"开奁视之，乃石榴子二盒，金柑四蒂。果尽覆奁，奁衣下文锦尺幅，绣带双结，密缄重重。发缄而观，则薄赫蹄也。得五十六字云："珠楼十二夜初长，秋恨应知怯晚妆。巫水有云通楚佩，贾墙无梦问韩香。锦弦旧瑟调鹦鹉，兰酒新垆忆鹧鸪。落月斜廊无限意，可能流影到西厢。"篇末著云："米在田而可实，水非米而何炊？"睐以指画者久之，作潘字状，懑焉起立，碎纸而掷于地，堕鬓拂衣，遂往见倩。

时倩方坐绣茵裁凤花细袜，忽见睐，以睐至意必有合，移席骈坐，为睐整髻上坠钗。睐晕脸潮红，严容噎气，良久乃言曰："侄以稚年背慈就外，孤迹单心，托命于姑。以姑之惠，被以绮绣，饵以珍错良厚矣；乃不训之以德，而假道于不令之生，传以亵词。姑纵不爱侄，独不自爱乎？曩者以楮墨闲情，染成小句，姑掠而取之，致以秽意见诱。修筠有节，高柏有心，岂相浼也。陌上之金尚不能乱桑中之妇，而谓红闺流叶乃自媒于东墙宋玉哉？侄非敢断绝雅恩，然久安于此，实败令名，请从此辞。"欷歔再拜而起。倩以好言固留，不许。时舜水已成小筑，睐之父母将欲迎睐，睐适归，惊喜道故。睐所不悦于倩娘者，匿不以告也。

先是，生父母为生婚于王氏，自溺志于倩，遂背婚于王。王亦以生狂荡无检，字女他姓。至是，生欲因倩娘求合于睐，而不惬其愿，故扬红笺之诗以诬睐，使闻于睐之父母，因而求娶。阅岁余，倩以他事至睐父母家，起居外，并为睐议姻，口筹心语，未白其人，而数目睐父。睐父无忤色。因极口潘生之才而讳其贫，又附睐母耳密语。睐父母嘿然相顾微叹，遂首肯之。倩归，即为生致六礼，睐父母择吉将赘生于家，而绝不以闻于睐。至燕尔之夕，银缸斜照，黼帐高张，夜阑撤妆流盼，见此良人，则即隔梦园樱桃花下生也。睐大号，恸绝而后苏。问香驰走惊呼，睐父母至，睐悲极不能言。良久唯曰："倩娘误我！"父母再四救解，然伉俪之际，非其本情。虽勉为笑语，而眉妩间锁愁驻恨，如不胜致。

居又二年，生亦构数椽别墅，挈睐以归。生之父母穷悍极妒，素知睐之不礼生也，为盛怒以待睐。睐拜告方毕，含啼入室，意不聊生。岁辛丑，生以不给家食，为砚耕之谋，复隙窥馆之邻女，见黜其主。睐愈不礼生，生大愠睐，叱詈之声达于庭户。睐支颐语生曰："薄命之薄，衔冤可知。狂童之狂，负心若此。何须何眉，无耻无礼。我死为鬼，尔生尚能为人乎！"语未竟，鞭楚乱下，散发蒙面，流血被肩。维时，明月入户，青灯荧荧。睐蒙目呜咽而叹曰："命尽此矣！"令问香于故箧中取《愁盐》一卷，诗词若干首，及绿窗小写百叶，皆幼时所画花鸟粉本，悉焚之火。乃裂帛盈尺，和泪为书，授之问香曰："迟明，汝为我送易氏爷娘。"

书略云："女不幸，少逢离乱，骨肉飘依，两地异处。况复长年羸病，自知弱蕙易殇，薄云难寿。然从垂髫以来，溺情芸艺，散志签图，将谓结褵名族，执爨良家，俾慈帏二人得慰心于白发,窃所愿也。不意媒妁之欺,近在至戚。涅我素名,织彼娄计,致匹合于琐类。终身之仰,失在一朝。怨魄不舒,愁魂欲断,岂知有生之乐哉!女自春首分袂而后,郁为沉疾,尝累日一粥,而见粒则呕,薄饮不及蠡勺,悲苦之状不可殚陈。当夫兰门暮掩,薄寒中人,檐雨淅沥,灯花频落,砧声远飘,谯鼓断续,女于斯时,凄其泪零,倚其竟夕,不知忧之何从也!及夫画窗晓开,丽花笑暖,慧鸟争啼,凭栏数回,因思稚年西园随伴踏青始归,泛锦瑟于芳楼,驰红衫于细马,匏丝稠杂,谐笑为欢。方今之时,遂若隔世。同是一身,而苦乐顿异。命之不犹,夫复何言!今秋负心人以窥逾失意,迁怒于女,笞楚千态,垂垂待毙,无复生理。爰令丫鬟问香告情父母,即夜是命尽之日。父母一来垂视,永以遐隔。绿香帐里,岂有冷翠零膏;红叶窗前,莫问韶颜稚齿。将见柳眼露凝,埋春化泪;莲心风折,劈恨成丝。明月三更,天涯草碧,还家之期当在晓风新梦间耳。父母春秋已高,强饭自爱,无以女为念。幸收女余骨覆以坯土,得以脱迹人间,销形天上,粱黄槐绿,烟冷云荒,遂毕此生矣。孟光同隐,未得是人;弄玉俱仙,徒为虚语。独念父母畜我不卒,绕膝之欢,邈矣难再。梅花犹在额乎?莲花犹在足乎?镜台旧影,翠帷余香,姗姗其来迟者,知是亭亭倩女魂也。"

及晨，睞父母得书，愤骇长恸而至，则睞已缢于前轩左櫺间矣。生与父母俱逃，莫晓所在。睞父母及易氏诸戚，乃棺睞于两楹，而以问香归。

盖睞之为人风神散朗，亦珊珊流雅，而幽情如缄；慧心长结，艺能穷巧，而貌若不知；咳唾生珠玉，而寡于辩给；援管成牍，而挥染必本于性。故写愉则墨以欢露，道哀则字与泪并，盖孝穆所谓妙解文章者也。惜紫纮无托，红颜非耦，才丰命啬，生短恨长。悲哉！睞生才二十四岁。

殓后数日，忽有豪士戟髯拳发，红巾绿缦，跨剑跃马而驰。后从碧眼奴，背负血囊，至睞之门，排门直入。豪立马柩前，掀髯大呼曰："负心人已杀之矣！"从者下囊前倾，血糊模一髑髅着地疾走，乃生之首也。其明年，午溪盗乱，倩娘虏去，不知所终，人咸以为睞冤之所雪也。

颜柔仙吴似音

钮琇《觚賸》云：颜芳在，字柔仙，桐乡工部雪臞公女也，归我邑烂溪周氏。所著有《偶叶草》，其《送春》诗最佳，诗曰："岂是春归候，凭栏意忽离。绿酣莺语涩，红瘦蝶魂痴。淡泊无群好，幽闲与古期。欠伸方欲起，风雨到窗时。"工部第五子祁之妇吴，亦能诗，《月夜梦归有感》云："假寐承颜到膝前，花枝明月话欢然。正当絮语牵衣际，白鹤一声悲远天。"工部示祁书曰："闺阁之咏，不嫌婉弱。唐诗所选，亦无高老之什。看其用笔灵活，若'白鹤一声悲远天'，直可与诸姑相伯仲。"芳在妹宛在，绮才兰质不逊柔仙，以所适非耦，抑郁而夭。吴名薇，字似音。

小　青

《小青传》云：小青者，虎林某生姬也。家广陵，与生同姓，故讳之，仅以小青字云。姬凤根颖异，十岁遇一老尼，授心经，一再过了了。覆之，不失一字。尼曰："是儿早慧福薄，愿乞作弟子，即不尔，无令识字，可三十年活尔。"家人以为妄，嗤之。母本女塾师，随就学，所游多名闺，遂得精涉诸技，妙解声律。江东固佳丽地，或诸闺彦云集，茗战手语，众偶纷然。姬随变酬答，悉出意表，人人唯恐失姬；虽素娴仪则，而风期异艳，绰约自好，其天性也。

年十六，归生。生，豪公子也，性嘈唼，憨跳不韵，妇更奇妒。姬曲意下之，终不解。一日，随游天竺，妇问曰："吾闻东方佛无量，而世多专礼大士者何？"姬曰："以其慈悲耳。"妇知讽己,笑曰:"吾当慈悲汝。"乃徙之孤山别业,诫曰:"非吾命而郎至,不得入;非吾命,而郎手札至,亦不得入。"姬自念,彼置我闲地,必密伺短长,借莫须有事鱼肉我,以故深自敛戢。

　　妇或出游,呼与同舟,遇两堤之驰骑挟弹游冶少年,诸女伴指点谴跃,倏东倏西,姬澹然凝坐而已。妇之戚属某夫人者,才而贤,尝就姬学弈,绝爱怜之,因数取巨觞觚妇。睧妇已醉,徐语姬曰:"船有楼,汝伴我一登。"比登楼远眺,久之,抚姬背曰:"好光景可惜,毋自苦。章台柳亦倚红楼盼韩郎走马,而子作蒲团空观耶?"姬曰:"贾平章剑锋可畏也。"夫人笑曰:"平章锋钝,女平章乃利害耳。"顷之,从容讽曰:"子既娴仪,则又多技能,而风流绰约复尔,岂当堕罗刹国中?吾虽非女侠,力能脱子火坑。顷言章台柳,子非会心人耶?天下岂少韩君乎?且彼纵善遇子,子终向党将军帐下作羔酒侍儿乎?"姬曰:"夫人休矣。妾幼梦手折一花,随风片片着水。命止此矣!凤业未了,又生他想,彼冥曹姻缘簿非吾如意珠,再辱奚为?徒供群口画描耳。"夫人叹曰:"子言亦是,吾不子强。虽然,子亦宜自爱,彼或好言饮食,汝乃更可虑。即旦夕所须,第告我无害。"因相顾泣下沾衣,徐拭泪还座,寻别去。夫人每向宗戚语及之,无不咨嗟叹息云。

姬自后幽愤凄恻,俱托之诗或小词,而夫人后亦旋宦远方,姬益寥阒,遂感疾。妇命医来,仍遣婢捧药至,姬佯感谢。婢出,掷药床头,叹曰:"吾即不愿生,亦当以净体皈依,作刘安鸡犬,岂以一杯鸩断送耶?"然病益不支,水粒俱绝,日饮梨汁盏许。益明妆冶服,拥襆欹坐,或呼琵琶妇唱盲词以遣。虽数晕数醒,终不蓬首偃卧也。

忽一日,语老姬曰:"可传语冤业郎,觅一良画师来。"师至,命写照。写毕,揽镜熟视曰:"得吾形似矣,未尽吾神也,姑置之。"又易一图,曰:"神是矣,而风态未流动也。若见我而目端手庄,太矜持故也。姑置之。"命促笔于旁,而自与姬指顾语笑,或扇茶铛、简图书,或代调丹碧诸色,纵其想会。久之,复命写图。图成,极妖纤之致。笑曰:"可矣!"师去,即取图供榻前,爇名香,设梨酒,奠之曰:"小青,小青,此中岂有汝缘分耶?"抚几而泣,泪雨潸潸下,一恸而绝。时万历壬子岁也,年才十八耳。

哀哉!人美于玉,命薄于云,琼蕊优昙,人间一现,欲求如杜丽娘牡丹亭畔重生,安可得哉!

日向暮,生始踉跄来,披帷见容光藻逸,衣袂鲜好,如生前无病时,忽长号顿足,呕血升余。徐简得诗一卷,遗像一幅,又一缄寄某夫人。启视之,叙致惋痛,后书一绝句。生痛呼曰："吾负汝！吾负汝！"妇闻恚甚，趋索图，乃匿第三图，伪以第一图进，立焚之。又索诗，诗至，亦焚之，广陵散从兹绝矣。悲夫！楚焰成烈，何不以纪信诳之？则罪不在妇，又在生耳。

及再简草稿，业散失尽。而姬临卒时，取花钿数事赠妪之小女，衬以二纸，正其诗稿，得九绝句、一古诗、一词，并所寄某夫人者，共十二篇。

古诗云："雪意阁云云不流，旧云正压新云头。米颠颠笔落窗外，松风秀处当我楼。垂帘只愁好景少，卷帘又怕风缭绕。帘卷帘垂底事难，不情不绪谁能晓？炉烟渐瘦剪声小，又是孤鸿泪悄悄。"

绝句云："稽首慈云大士前，莫生西土莫生天。愿为一滴杨枝水，洒作人间并蒂莲。"

"春衫血泪点轻纱，吹入林逋处士家。岭上梅花三百树，一时应变杜鹃花。"

"新妆竟与画图争，知在昭阳第几名。瘦影自临秋水照，卿须怜我我怜卿。"

"西陵芳草骑辚辚，内使传来唤踏春。杯酒自浇苏小墓，可知妾是意中人？"

"冷雨幽窗不可听，挑灯闲看牡丹亭。人间亦有痴于我,岂独伤心是小青。"

"何处双禽集画阑,朱朱翠翠是青鸾。如今几个怜文彩,也向秋风斗羽翰。"

"脉脉溶溶滟滟波,芙蓉睡醒欲如何？妾映镜中花映水,不知秋思落谁多?"

"盈盈金玉女班头,一曲骊珠众伎收。直得楼前身一死,季伦原是解风流。"

"乡心不畏两峰高,昨夜慈亲入梦遥。见说浙江潮有信,浙潮争似广陵潮。"

其《天仙子》词云:"文姬远嫁昭君塞,小青又续风流债。也亏一阵黑罡风,火轮下,抽身快,单单别别清凉界。原不是鸳鸯一派,休算做相思一概。自思自解自商量,心可在,魂可在,着衫又撷裙双带。"

与某夫人书云:"元元叩首沥血致启某夫人台座下:关头祖帐,迥隔人天。官舍良辰,当非寂度。驰情感往,瞻睇慈云。分燠嘘寒,如依膝下。糜身百体,未足云酬。娣娣姨姨无恙。犹忆南楼元夜,看灯谐谑,姨指画屏中一凭栏女曰:是妖娆儿,倚风独盼,恍惚有思,当是阿青。妾亦笑指一姬曰:此执拂狡鬟,偷近郎侧,将无似娣?于时角彩寻欢,缠绵彻曙,宁复知风流云散,遂有今日乎?往者,仙槎北渡,断梗南楼，猎语哮声，日焉三至。渐乃微词含吐，亦如尊旨云云。窃揆鄙衷，未见其可。夫屠肆菩心，饿狸悲鼠，此直供其换马，不即辱以当垆。去则弱絮风中，住则幽兰霜里。兰因絮果，现业谁深？若使祝发空门，洗妆洗虑，而艳思绮语，触绪纷来。正恐莲性虽胎，荷丝难杀，又未易言此也。乃至远笛哀秋，孤灯听雨，雨残笛歇，谡谡松声。罗衣压肌，镜无干痕，晨泪镜潮，夕泪镜汐。今兹鸡骨殆复难支，痰灼肺然，见粒而呕。错情易意，悦憎不驯，老母娣弟，天涯间绝。嗟乎！未知生乐，焉知死悲？憾促欢淹，无乃非达。妾少受天颖，机警灵速。丰兹啬彼，理讵能双。然而神爽有期，故未应寂寂也。至其沦忽，亦非自今，结褵以来，有宵靡旦。夜台滋味，谅不殊斯。何必紫玉成烟，白花飞蝶，乃谓之死哉？或轩车南返，驻节维扬，老母惠存，如妾之受，阿秦可念，幸终垂悯。畴昔珍赠，悉令见殉。宝钿绣衣，福星所赐，可以超轮消劫耳。然小六娘竟先期相侯，不忧无伴。附呈一绝，亦是鸟语鸣哀。其诗集小像，托陈媪好藏，觅便驰寄。身不自保，何有于零膏冷翠乎？他时放船堤下，探梅山中，开我西阁门，坐我绿阴床，仿生平于响像，见空帏之寂飚。是耶非耶，其人斯在？嗟乎夫人，明冥异路，永从此辞。玉腕珠颜，行就尘土,兴思及此,恸也何如! 元元叩首叩首上。"后附绝句云:"百结回肠写泪痕,重来惟有旧朱门。夕阳一片桃花影,知是亭亭倩女魂。"

生之戚某集而刻之,名曰《焚余》。

邵飞飞

陈鼎《邵飞飞传》云:邵飞飞者,字扶摇,三山河西女子也。幼孤,其季父授村童句读,飞飞隔墙闻读书声,过耳辄成诵。七岁遍记《学》、《庸》、《论》、《孟》、《毛诗》,常暗诵于室。季父奇之,教之识字,一目了然,稍讲即通大义。垂髫以才貌闻里中,求之者,阿母皆不许,盖欲售显者,以图富贵也。

闽寇伏诛,姚□庵总督关南,幕员有罗密者,道经其居,见飞飞浣衣河畔,艳羡不已,复廉知能文,遂殚力图之。乃托辞继室,以千金馈母,又厚贿其季父,即归之。居五载,秩满还京师,其妇悍妒且虐,不能容,遂以飞飞配阍人。乃作《薄命词》二十绝句、《燕台词》十绝句,以寄其母而死。

其《薄命词》曰:"谁怜青鬓乱飘蓬,马上琵琶曲又终。

嫁得伧父双足健，漫云佳婿喜乘龙"。

"隔断江山几万重，粉脂零落为谁容。如何嫡嫡亲生母，只爱金钱不爱侬。"

"停针无语对银釭，心自酸辛泪自双。高叠愁城坚似铁，酒兵十万总难降。"

"荻帘日影上迟迟，乱绾乌云不画眉。羡杀隔街谁氏女，金钱闲掷买胭脂。"

"鹣鹣比翼两相依，文彩褵褷世所稀。谁料风涛生洛浦，铩翎又逐野鸡飞。"

"白云缥缈望中迷，独倚蓬窗掩面啼。万里北堂知也否，碧梧不是凤凰栖。"

"想后思前恨屡加，误人都是浣溪纱。既然负却当年意，何必寻春访若耶。"

"十里西湖忆旧游，而今无复泛轻舟。自怜磊落看花眼，日对烟窗两泪流。"

"积雨污泥尽没阶，行行湿透小弓鞋。偶思多少侯门女，指点青鬟对对排。"

"不须重赋白头吟，入骨忧煎死易寻。赢得芳魂归去好，一杯黄土百年心。"

"自排薄命更谁如？兰不当门竟被锄。回首五年成底事,珠围翠绕梦华胥。"

"土砌茅檐薄面尘,可怜触自也伤神。看他赫赫司晨牝,也是奴侬一样人。"

"狮子容他吼独尊,却将侬去配司阍。儿郎薄幸真堪恨,不记天香枕畔温。"

"忆昔双双倚画阑,名花相对并头看。何期弃置同秋叶,忍使琵琶别调弹。"

"淡淡春衫袅袅腰,菱花自对亦魂销。如何刚狠河东性,相见虽怜总不饶。"

"五载红妆窄袖轻,人人都道妾倾城。郎情底事秋云薄,莫讶青楼日送迎。"

"挑灯含泪叠云笺,万里缄封报可怜。为报生身亲血母,卖儿还剩几多钱?"

"无端昔日慕金夫,也是贪痴女子愚。寄语故园诸姊妹,荆钗裙布自堪娱。"

"自悔当初博望高,今成明月水中捞。风筝本是随风信,莫怪丝丝线不牢。"

"无奈鸤鸠居鹊巢,啄将红蕊出林梢。堪怜薄命愁如织,却与诗人作解嘲。"

其《燕台词》曰:"袴褪郎当短短衫,高箍头髻更巉岩。

教奴依样常妆束，满汉平分道不凡。"

"摩挲双眼蹙双蛾，掩面呼天怎奈何？俗子不知人意懒，挨肩的的唱秧歌。"

"柳色青青咏汉南，树犹如此人何堪？输他邻妇无思虑，碗大葵花满髻簪。"

"怪声咀哙夸多般，反道奴奴鴂舌蛮。怅望夕阳芳树外，骄莺嘹亮语家山。"

"炎天斗室秽难闻，烧酒生葱尽日熏。记得故园风景好，白罗衫衬石榴裙。"

"豕圈鸡栖暑气重，嗡嗡满屋斗青蝇。有人水阁珠帘里，犹说今朝热不胜。"

"蜀魄啼残不忍听，断肠最是雨淋铃。劈兰老米锅焦饭，南国佳人几惯经。"

"秋宵偏压酒人狂，雨怨云愁总断肠。一枕正成乡曲梦，门前犹唤卖甜浆。"

"骡车阵阵响如雷，门外风吹百尺灰。可惜青葱纤似玉，日生炉火簇烟煤。"

"北地风高朔雪寒，满天飞絮压重檐。炕头不是寻常火，马粪如香细细添。"

共三十绝句，所亲得其诗于母氏，遍以示人，读者莫不怜之。

　　外史氏曰：红颜薄命，自古而然，况有才乎？才者，造物之所忌也。丈夫擅之，且犹不可，况女子哉？况女子而犹使之不得其所哉？宜其怨之。深而言之，忿必至于死而后已也。余读飞飞诗三十章，感慨系之矣！

第五章　巧蝴蝶

　　邹枢《十美词纪》记载：余在褪褓，即外祖母抚育。十二岁，外祖母怜余深夜读书，无有伴者，乃命媒婆庄妪以三十金买得徐氏一女，年十二，眉目秀丽如画，以七夕来，呼为阿巧。数日后，巧垂泣告余母曰："我非徐氏女，乃某族之某房女也。"余母大骇，即命庄妪召其母至，曰："我与汝家系至戚，岂可为此事？若论中表，我与汝兄弟也。令爱与我之子女辈亦兄弟。"遂备酒同拜，皆以兄弟相叙。巧敏慧，诗词寓目，三遍即熟。好画蝴蝶，若有滴水在案，即随水画蝴蝶形。闲则研朱砂，滤青花粉，买白笺描画蝴蝶。到后园扑取活者，置室中，掩窗户以扇逐之，观其飞舞之态，于是画愈工。余母常以素绡制新样裙，命之画。服之，风吹裙带，蝶若翻舞，见者叹绝，呼为巧蝴蝶。

巧蝴蝶

邹枢《十美词纪》云：余在襁褓，即外祖母抚育。十二岁，外祖母怜余深夜读书，无有伴者，乃命媒婆庄妪以三十金买得徐氏一女，年十二，眉目秀丽如画，以七夕来，呼为阿巧。数日后，巧垂泣告余母曰："我非徐氏女，乃某族之某房女也。"余母大骇，即命庄妪召其母至，曰："我与汝家系至戚，岂可为此事？若论中表，我与汝兄弟也。令爱与我之子女辈亦兄弟。"遂备酒同拜，皆以兄弟相叙。巧敏慧，诗词寓目，三遍即熟。

十美词纪

好画蝴蝶，若有滴水在案，即随水画蝴蝶形。闲则研朱砂，滤青花粉，买白笺描画蝴蝶。到后园扑取活者，置室中，掩窗户以扇逐之，观其飞舞之态，于是画愈工。余母常以素绡制新样裙，命之画。服之，风吹裙带，蝶若翻舞，见者叹绝，呼为巧蝴蝶。

一日，与侍女海棠同宿，余作歌嘲之曰："巧蝴蝶，作尽

风流业。若到花丛伴海棠,花神定有勾魂帖。"巧因自嘲曰:
"巧蝴蝶,欲画心终怯。高飞难近宝钗旁,低飞且隐湘裙
折。"嗣后,更不复画。

会东城伍学宪有公子字存敬者,中年少嗣,欲娶偏室。
先于横塘彩云庄上构造鸳鸯楼,雕甍画栋,为潇湘绿绮窗,
琪花玉树,交映前后,以见金屋贮娇之意。然后谒余父求
巧,以二百金为聘。余母厚备妆奁,如亲生者。去后,慰问
不绝。曾以柿蒂绫一方作小楷,备叙姊弟相依之义,风雨联
吟之情,后附《意难忘》词三首,外有水晶图书二枚,金陵色
笺一匣,西洋白苾布一匹,水沉香三两遗余。余遍示兄弟,
皆为惨然。余以南京花绉一端,犀簪一枝,取桃花浅色绢作
小楷,述旧意,和其词韵答之。甲申乙酉岁,余兄弟避乱于
乡,明年归城,而音问疏矣。

借梁园金谷,培养琼肌,珠作唾,玉为啼。道簧堂女婢,
聪明侍郑,槐扉根叶,窈窕名崔。蝶谱时窥,凤毫轻点,巧夺
滕王孰与齐。粉字吟梅和雪写,碧笺咏柳带烟题。曾共湘
帘吹絮,倚箫选梦,多少事,说着眉低。青嶂隔绀园,迷钮花
夜,笑往恨重题。鹊渚遗簪,泪辞春阁,凤楼锁佩,影伴香
溪。鸿音凭纸,待寻踪南浦,横塘待渡,踏遍云堤。(《春风
袅娜》)

如　意

邹枢《十美词纪》云：余年十五，外祖母以二十五金买一女，名如意，年十四，色态俱绝。外祖母于寝室旁辟一小轩，俾余夜诵。女洗砚拥书，拂几扫榻，莹洁一尘不到，余甚喜之，如是者一年。

余偶于书中得《西厢》，有红朱评点。余笥中有《花间集》，亦以朱点批阅。余疑此处更无人到，出自谁手？乃呼女问之，女笑不答。余曰："此必汝所为。吾观汝非寻常女也，曾读书否？"女曰："我南城织户陆氏女，七岁鬻于顾氏。家主怜我聪颖，命我入馆伴读。主母延女师训诸姑，师姓沈，嘉兴秀水人，工诗词，尽心教我，以故诗词颇晓。"余曰："何又来此？"女曰："主母以我长成，恐家主见留，乘家主赴杭，立命陈姬转鬻于此。但家主恩深，不得一辞为恨耳。"乃鸣咽泪下。余因检其奁中，得词，调《生查子》。词云："妆罢倦临帏，燕语莺声寂。谁与伴香奁，一卷《花间集》。琐细制芙蓉，旖旎薰安息。枉自足风流，没个人怜惜。"余笑之，含羞索去。

及余十六岁，秋夜将半，酒微酣，呼女曰："我欲为《西江月》词，汝为我联去。"因指灯曰："金粟初垂一穗。"女即曰："铜壶已报三更。"余曰："梅花绣帐影摇灯。"女曰："可是芳魂未定。"联未毕，外祖母以夜深催寝，女去，余亦睡。从此吟咏，或诗或词，几于盈箧。

余长兄一日潜至余寝所，启箧一见，袖去，泄之于母。母大怒，呼余责曰："我望汝读书，汝但为诗词，狎昵奴婢！"乃立命庄妪遗女去。适有杭宦娶妾，许之。女临别，更无一言，惟以绣花汗巾，挽结数十，掷我而去。余凄惋至今，不能去怀。

纱窗梦未醒，箫声断，遥忆玉婵娟。记美发未齐，嫩鸦初握，步莲堪印，小凤新弯。销魂处，流波传细语，低翠掠烟鬟。薛氏校书，芙蓉养纸，崔家录事，芝髓封编。草蕙兰佳句，相鸣和，巧样卵色鱼笺。谁是多才情种，我见犹怜。叹轻鸿甫就，银屏生暖，彩鸾旋去，绣榻重寒。多少愁霜悲火，头上心前。（《内家娇》）

乔王二姬

《乔复生、王再来二姬合传》云：乔王二姬，生前无名，皆呼曰姊。乔晋人，即名晋姊。王兰州人，即名兰姊。既曰无名，则何以有复生、再来之号？曰：死后追忆，不忍叱其小字，故为是称。一则冀其复生，一则喜其再来，皆不忍死之之词，犹宋玉之作《招魂》，明知魂不可招，招以自鸣其哀耳。

岁丙午，予自都门入秦，赴贾大中丞胶侯、刘大中丞耀薇、张大中丞飞熊三君子之招，道经平阳，为观察范公字正者少留，以舒喘息。时止挟姬一人，姬患无侣。有二妪闻风而至，谓有乔姓女子，年甫十三，父母求售者素矣，盍往观之？予曰："旅囊羞涩，焉得三斛圆珠？"辞之弗获。适太守程公质夫过予，见二妪在旁，讯曰："纳如君乎？"予曰："否。"具以实告，太守曰："无难，当为致之。"旋出金如干，授二妪，少迟，则其人至矣。虽非殊色，亦觉稍异凡姿，盖纯任本质，而未事丹铅者。此女出自贫家，不解声律为何事，以北方鲜音乐，优孟衣冠，即富室大家犹不数觏，况细民乎？

是日，有二三知己携樽相过，命伶工奏予所撰新词，名《凤求凰》。此诗脱稿未数月，不知何以浪传，遂至三千里外也。二姬垂帘窃听，予以聋瞽目之，非惟词曲莫解，亦且宾白难辨。以吴越男子之言，投秦晋妇人之耳，何异越裳之入中国，焉得译者在旁，逐字为之翻译乎？次日诘之，曰："昨夜之观乐乎？"曰："乐。"予谓能解其中情事乎？对曰："解。"予莫之信，谓果能解，试以剧中情事一一为我道之。渠即自颠至末，详述一过，纤毫不遗，且若有味乎言之，词终而无倦色。予始异焉，再询词义，则能明矣。曲中之味，亦能咀嚼否耶？对曰："有是音，有是容，二者不可偏废。容过目即逝矣，曲之余响，至今犹在耳中。是何以故，莫能自解。"予更异之，然信其初言，而终疑其后说。谓声音道微，岂浅人能辨，必饰词耳。

乃彼自观场以后，歌兴勃然，每至无人之地，辄作天籁自鸣，见人即止，恐贻笑也。未几，则情不自禁，人前亦难扪舌矣。谓予曰："歌非难事，但苦不得其传。使得一人指南，则场上之音不足效也。"予笑曰："难矣哉！未习词曲，先正语言。汝方音不改，其何能曲？"对曰："是不难，请以半月为期，尽改俞音，而合主人之口。如其不然，请计字行罚。"余大悦。随行婢仆皆南人，众音噪噪，我方病若楚咻，彼则恃为齐人之傅。果如期而尽改，俨然一吴侬矣。事之不期然而然者，往往不一而足。

此时身已入秦，秦俗质朴，焉得授歌之人？适有一金闾老优，年七十许，旧肃王府供奉人也。主故无归，流落此地，因招致焉。始授一曲，名《一江风》，师先自度，使听，复生低徊久之，谓予曰："此曲似经过耳，听之如遇故人，可怪乎？"予曰："汝未尝多听曲，焉得故人而遇之？"复生追忆良久，悟曰："是已，是已，前所观《凤求凰》，剧中吕哉生初访许姬，且行且唱者，即是曲也。"予不觉目瞪口吃，奇奇不已，谓师曰："此异人也！当善导之。"于是师歌亦歌，师阕亦阕。如是者三，复生曰："此后不须善导矣。"竟自歌之，师大骇，谓予曰："此天上人也！是曲授三十年，阅徒多矣，数十遍而微知一意者，上也。中人以下之资，数百遍尚难释口，不待痛惩切责，未能合拍。乃今若此，果天授，非人力也。"斯言近实而未验，乃不三日，而愚智判然矣。因当日随来旧姬与之同学，人一能之，己百之犹不免于痛惩切责，以是知师言不谬，而此女洵非人间物也。

由是日就月将，无生不熟，数旬以后，师谓青出于蓝，我当师汝矣。客有求听者，以罘罳隔之，无不食肉忘味。复生曰："乐必埙篪互奏，鸟必鸾凤齐鸣，始能悦耳。兹以一人度曲，无倚洞箫和之者，无乃岑寂太甚乎？"予知此言为绛灌而发，以同堂共学者之非其伦也。

未至兰州，地主知予有登徒之好，乃先购其人以待者。到即受之，不止再来一人，而再来其翘楚也。始至之日，即授以歌。向以师为师，而今则以复生师之矣。复生之奇再来，犹师之奇复生，赞不去口，而且乐形于色，谓"而今而后，我始得为偕凰之凤，合埙之篪矣。请以若为生，而我充旦，其余脚色则有诸姊妹在。此后主人撰曲,勿使诸优浪传,秘之门内可也。"时诸姬数人,亦皆勇于从事,予有不能自主之势,听其欲为而已。

岁时伏腊,月夕花晨,与予夫妇及儿女诞日,即一樽二簋,亦必奏乐于前。宾之嘉者,友之韵者,亲戚乡邻之不甚迂者,亦未尝秘不使观。如金陵之方邵村御史、何省斋太守、周栋园副宪,武林之顾且庵直指、沈乔瞻文学,咸熟谙宫商,殚心词学,所称当代周郎也,莫不以小蛮、樊素目之,他可知已。

予于自撰新词之外,复取当时旧曲,化陈为新,俾场上规模,瞿然一变。初改之时,微授以意,不数言而辄了。朝脱稿,暮登场,其舞态歌容,能使当日神情活现氍毹之上。如《明珠煎茶》《琵琶剪发》诸剧。人皆为旷代奇观。复生未读书而解歌咏,尝作五七言绝句,不能终篇,必倩予续,是即夭折之征。性柔而善下,未尝以聪慧骄人。再来之柔更甚,尝以嬉笑答怒骂,殴之亦不报,有娄师德之风焉。声容较之复生虽避一舍,然不宜妇而宜男,立女伴中似无足取,易妆换服,即令人改观,与美少年无异。予爱其风致,即不登场,亦使角巾相对,执麈尾而伴清谈。不知者目为歌姬,实予之韵友也。予数年以来,游燕、适楚、之秦、之晋、之闽,泛江之左右、浙之东西，诸姬悉为从者，未尝一日去身。而能候予之饥饱寒燠，不使须臾失调者，则二人之力居多。

壬子冬，复生诞一女，以不善摄生致病，然素善讳疾，不使人知。其意无他，以予终岁浪游于外，知其疾必阻之，恐作失群之鸟，不获偕行故耳。癸丑适楚，客于汉阳，疾渐加而容不减，非惟不治药饵，仍以丝竹养生，因所耽在是，非此不足陶写性情也。越夏徂秋，稍有倦色，予始知而药之，奈世无良医，一二至者，皆同射覆，非曰寒，即曰疟，即曰中暑，总无辨其为痨者。病剧半载，从未恋榻，惟临终数日始僵卧不起，前此皆力疾而行，仍施膏沐。同侪讯以故，答曰："非不欲卧，恐以不起愁主人，徒扰文思，无益于病者。"时予方辑《一家言》之初集未竟故也。言毕，即自焚香祝天，谓"予得侍才人，死可无憾，但惜未能偕老，愿以来世续之。"又以此语嘱同辈，令勿使予知。诸姬中惟与再来最密，临殁，以女授之，属其抚育。凡人之死，未有不改形易视，或出谵语。渠自抱疴至终，无一诞妄之词，诀语亦无微不悉。死时面目较生前觉好，含敛之物悉经手检目视，倩人盥栉毕，乃终。予方恸悼不已，诸姬复以前言告予，益抚棺恸哭，不忍独生。

甲寅入都中，诸姬不与，惟再来及黄姓者二人相俱。再来居常安好，从予七年，不识参蓍艺术为何味，忽于舟山得疾,天癸不至,腹渐膨然,谬以为娠。盖素望诞儿,凡客赠缠头,人皆随得随用,彼独藏之,欲待生儿制褓褓,至是误以可忧为可喜。如是者屡月,病不稍减,而经忽至焉,始知从前见食而呕者,病也,非孕也。始则认忧为喜,今则转喜为忧矣。又以同受复生托孤之命,讵意母亡未几,女亦旋殁,未免负托九原,时时抱痛,皆致疾之由也。予未出门时,诸姬中有一善妒者,好与人角。予怒而遣之,再来不解予意,谬谓一遣百遣,乃向内子及诸妾曰:"生卧李家床,死葬李家土。此头可断,此身不可去也。"内子故设疑词难之,曰:"主人老矣,不若乘此芳年,早自得所之为愈。"再来曰:"主人老,而主母之中多少艾者,诸艾可守,予独不能安于室乎?"诸妾又曰:"我辈皆有子,汝或不生,后将奚待?"对曰:"主母恃诸郎君,予请恃其所恃。"内子及诸妾闻之,无不沾沾泪下。有一人而三男者,嘉其贤淑,欲以幼子予之。再来曰:"姑缓数年,如果不育,请践斯语。"其性之贞烈若此。临逝,执予手曰:"良缘遂止此乎?"时欲泣无声,且无泪矣。

二姬之年,皆终于十九。再来少复生一岁,死亦后一年。噫!予何人哉!尝试扪心自揣,我无司马相如、白乐天、苏东坡之才,石季伦之富,李密、张建封之威权;而此二姬者,则去文君、樊素、朝云、绿珠、雪儿、关盼盼不远,是为何故？且造物既予之矣，胡复夺之？予是则夺非，夺是则予非，必居一于此矣。且予又有惑焉，妇人所尚者二，貌与年也。予貌若何，无论安仁、叔宝，不敢与之比衡，即偕王粲、左思并立，犹自形秽。至与古人序齿，即赴耆英、真率二会，犹居上座，矧诸少年场乎？若是，则此二人者宜求为覆水之不暇，奈何反作坚冰不解，自甘碎裂于盆盎中耶？或曰：推其本念，究竟出于怜才。夫才之有无多寡，姑置无论，即曰有之，亦惟有才者始能怜才。彼非多识字善读书之人，知才为何物而怜之乎？此千古难明之事，兹惟传其行略，以示不忘而已矣。若谓二姬应为我得，人皆有目，我将谁欺？

姗　姗

　　黄永《姗姗传》云：姗姗者，字小姗，周姓，戴溪黄夫人侍儿也。母梦吞素珠一粒，觉而娠。群辈卜之宜男，及姗姗生，咸贺之曰："是虽女也，当有福慧。"数岁戏于庭，适夫人敕银工制钗，曰如"一封书"式。姗姗应声曰："一封书到便兴师。"夫人为之发粲。自是极怜之，亲为束发裹足，令从女塾学，得近笔墨。稍长，课之绣，金针鸳谱，一见精绝。禀性婉媚，善伺夫人意，先事即得。夫人每曰："此吾如意珠也。"

幼有洁癖，薰香洗衣，惟恐勿及。凡其服食器用，卒不令诸同伴近之。昼则旁习女红，夜则随夫人合掌诵大士。既退，但闭阁寝坐，终不闻语声，其静心类如此。

丁亥，姗姗年十五，夫人将为之字，而孝廉黄永云孙者，时以下第归里。云孙故倦游，然门外多长者车辙，问奇履满，劈笺调墨，日不暇给，思得丽姝为记室。厥配湘夫人才而贤，相与谋之。曰："是欲副余，天下岂有樊素、朝云其人者乎？即有之，当以礼聘。"而云孙负相如之渴，所好又特异。每曰丰姬肥婢，佣奴配耳，昭阳第一安在？吾宁筑避风台俟之。以故薄游于广陵、姑苏之间，几于红粉成阵，而卒无所遇。一日为黄夫人六旬初度，云孙以族之犹子，从而捧觞焉。姗姗侍夫人出，常妆便服，迟迟来前，鬓云肤雪，柔若无骨，而姿态闲逸，娟娟楚楚，如不胜衣。立而望之，殆神仙中人也。云孙瞥见心荡，私自念曰："其道在迩，求之则远。彼美人者，真国色无双矣。"时亲族毕集，群进而寿。姗姗延伫既久，云孙得数数目之。姗姗面颊发赤，为一流盼而已。礼毕，遽从夫人入。云孙怅然别去，赋《浣溪沙》一阕，于是呼媒者告之故，使通殷勤。而夫人重惜之，不欲以备小星之选，固拒不许。云孙书空无聊，计无所出。乃夫人之长君来，王次君雪茵故善云孙，力为之请。夫人曰："吾以掌上抚之,极不忍使为人作妾。必欲为云孙请者,有姗姗在。"命家姬以其私询之,姗姗不言。姬曰:"是前称寿者,恂恂少年,吾闻其才名冠江南,捧砚司花,犹胜党将军羔酒。且私心慕子,惟恐不得当也。惟夫人命可乎?"姗姗首肯。先是,里中贵弟子为夫人内姻者,咸愿以金屋贮姗姗。姗姗闻之,辄大恚。至是,闻姬言,为一破颜,以是知其心许云孙矣。

既报可,云孙大喜过望。湘夫人出私资聘之。是时适当顺治戊子十月,诸应春官试者悉北上。云孙将辄吉娶之偕往,以父命不果,且促之驾。不得已,治装将去,而闻姗姗忽遘疾。云孙为留竟月,延医治之,意殊怏怏,不欲行。使者传夫人语曰:"儿疾在我,云孙岂以一女子病而辍试事?"越夕,仆夫促行,其友许圣木等饯之郊外。云孙赋《减字木兰花》一阕志别,曰:"东君有意,知许梅花花也未?小漏春光,怎禁西风一夜霜!凄然相对,花底温存花欲泪。残月如弓,几剪灯花又晓钟。"遂去。

而姗姗病竟剧,医来犹强起栉沐,然已骨立不支,似犹举首盼泥金也。既又闻云孙被放,愁云憔悴,捧心而泣。夫人再三慰谕,曰:"若有所言,但告我。"姗姗曰:"儿命薄,辱夫人膝下,十六年于兹,无禄早世,不得长侍阿母,夫复何言!"夫人固问之,曰:"岂有思于云孙耶?"姗姗长吁瞪目,顾左右曰："扶我、扶我。"起顿首曰："郎君天下才，眷我厚。今试北，非战之罪，乃以妾故也。且妾夜来梦持檄召我，冉冉登云而去，意者在瑶池紫府之间。为我谢郎君，生死异路，从此逝矣。"抚枕泪落如雨。自后不复进药，数日竟死。

死之三日，云孙抵家，湘夫人泪光莹莹，犹在目也。云孙曰："将无妾面羞郎，来时未晚耶？"湘夫人曰："不然，坐定，吾语若。"曰："吁，姗姗死矣。"云孙既内伤姗姗，居平忽忽不乐，幽思隐动，时结于怀。尝以一杯临风，告于灵曰："吾将入海，乞不死药、返魂香以起之，则三神山有大风，引舟不能到。欲效少君方士之术，上天入地求之遍，而七夕夜半，未及比肩，无誓可忆。佳人难再得，当复奈何？"然其后姗姗亦数入梦，是耶非耶，不可向迩。于鳞《李夫人歌》云："纷被被其徘徊色"、"红颜其弗明"两语，俱神似。或云姗姗从夫人虔修彼法，先以净体化去，不效梁玉清累太白，理或有之。大要使白骨可起，则月下风前，呼之欲出。《牡丹亭》一书不得尽谓汤若士寓言也。姗姗既死三阅月，同里墨庄书史为之传。

论曰：余闻姗姗遗事甚详，其吴娃紫玉之流与？或曰，天下多美妇人，何必是此情侬之言，不足为云孙道也。云孙登堂乍近，未得再顾，而钟情特甚，岂冶色是溺，盖亦叹为才难者乎？史称阮嗣宗醉眠邻女垆侧，及其既死，又往哭之，可谓好色不淫。云孙近之矣。

春　娘

　　王明《春娘传》云：京师孝感坊有邢知县、单推官，并门居。邢之妻，即单之姊也。单有子名符郎，邢有女名春娘，年齿相上下，在襁褓中已议婚。宣和丙午夏，邢挈家赴邓州顺阳县官守，单亦举家往扬州待推官缺，约官满日归成婚。

　　是冬，戎寇大扰。邢夫妻皆遇害，春娘为贼所房，转卖在全州娼家，名杨玉。春娘十岁时已能读《语》、《孟》、《诗》、《书》，作小词，至是，娼妪教之乐色艺事，无不精绝。每公庭侍宴，能将旧词更改，皆对有着摸处。玉为人容貌清秀，举措闲雅，不事口吻以相嘲谑，有良人风度。前后守倅皆眷之。

　　单推官渡江，累迁至郎官，与邢声迹不闻。绍兴初，符郎受父荫为全州司户。是时，一州官属，推司户年少。司户知杨玉，甚慕之，玉亦有意，而未有因。司理与司户契分相投，将与之为地，畏太守严明，有所未敢。

　　居二年，会新守至。守与司理有旧，司户又蒙青睐，于是司理置酒请司户，只点杨玉一名祗候。酒半酣，司户佯醉呕吐，偃息于斋，司理令杨玉侍汤药，因得一遇会，以遂所欲。司户褒美杨玉，谓其尽多才艺，因曰："汝疑是一个名公苗裔，但不可推究，果是何人？"玉羞愧曰："妾本宦族，流落在此，非杨妪所生也。"司户因问其父是何官何姓。玉涕泣曰："妾本姓邢，在京师孝感坊居。舅在幼年，许与其子结婚。父在邓州顺阳县知县，不幸父母皆遭寇殒命，妾被人掠卖至此。"司户复问曰："汝舅何姓何官？其子何名？"玉曰："舅姓单，是时得扬州推官，其子名符郎，今不知存亡何如？"因泣下。司户慰劳之曰："汝日日鲜衣美食，时皆爱重而不为轻贱，有何不可？"玉曰："妾闻女子生而愿为之有家，若即嫁一小民，布裙短衣，啜菽饮水，亦是人家媳妇。今在此中迎新送故，是何情绪？"司户心知其为春娘也，然有所处，而未敢言。

后一日，司户置酒，为司理召杨玉佐樽，遂不复与狎昵，因好言正问曰："汝前日言为小民妇，嫁亦甘心，我今丧偶无正室，汝肯嫁我乎？"玉曰："丰衣足食，不用送往迎来，此亦妾所愿也。但恐新孺人归，不能相容。若见有孺人，妾自去禀知，一言决矣。"司户知其厌恶风尘，出于诚心，乃发书告其父。

初，靖康之难，邢有弟四承务，渡江居临安，与单往来。单时在省为郎官，乃使四承务具状，经朝廷径送全州，乞归良，续旧婚。符既下，单又致书与太守，四承务自赍符并单书到全州。司户请司理召玉，告之以实，且戒以勿泄。次日，司户自袖其父书并省符见太守，太守曰："此美事也，敢不如命？"既而至日中，文引不下，司户疑其有他变，密使人探之。见厨司正铺排开宴，司户曰："此老尚作少年态也，错处非一，此亦何足惜也。"既而果召杨玉祇候，只通判二人。酒席半，太守谓玉曰："汝今为县君矣，何以报我？"玉答曰："妾一身皆明府之赐，所谓生死而骨肉也，何以报德？"太守乃抱持之，谓曰："虽然，必有报我。"通判起立，正色谓太守曰："昔为吾州弟子，今是司户孺人，君子进退当以理。"太守蹰躇谢曰："老夫不能忘情，非府判之言，不知其为非也。"乃令玉入宅堂，与诸女同处。始召司理、司户，四人同坐，饮至天明，极欢而罢。

晨，州朝视事，下文引告翁姬。姬出其不意，号哭而来，"养女十余年，用尽心力，今更不得别见。"春娘出，谕之曰："吾夫妻相寻得着，亦是好事。我数年虽蒙汝养，所积金帛亦多，足为汝养老之计。"姬犹号哭不已，太守叱之使出。既而太守使州司人自宅堂接出玉，与司户同归衙。司理为媒，四承务为主，如法成婚。

任将满，春娘谓司户曰："妾失身风尘，亦荷翁姬爱育，又有义姨妹情分厚者。今既远去，终身不相见，欲少具酒食，与之话别，如何？"司户曰："汝昔事一州之人莫不闻知，又不可隐讳，此亦何害？"春娘遂设盛筵，就会胜寺请翁姬及同列者十余人会饮。酒酣，有李英者，本与春娘连居，其乐色皆春娘教之，常呼为姨，情极相得。忽起持春娘手，曰："姨今超脱出青云之上，我沉沦粪土之中，无有出期。"遂出声恸哭，春娘亦哭。李英针线妙绝，春娘曰："吾司户正少一针线人，但我妹平日与我一等人，今岂能为我下耶？"英曰："我在风尘中，常退步，况今日有云泥之隔，嫡庶之异，若得姊为我方便，得脱此一门路，也是一段阴德事。"春娘归以语司户，司户不许，曰："一之为甚，其可再乎？"既而英屡使人续求，司户不得已，拼一失色，恳告太守。太守曰："君欲一箭射双雕耶？敬当奉命，以赎前此通判所责之罪。"

司户挈春娘归，舅姑见之，相持大哭。既而问李英之事，遂责其子曰："吾至亲骨肉流落失所，理当收拾。今更旁及外人，岂得已而不已耶？"司户惶恐，欲令其改嫁。其母见李氏小心婉顺，遂命之居。居一年，李氏生男，邢氏养为己子。

符郎名飞英,字腾实,罢全州幕职,历令丞。每有不了办公事,上司督责,闻有此事,以为义,事往往多得解释。绍兴乙亥岁,自夔罢倅,奉祠寄居武陵,邢氏、李氏皆在侧。当时士大夫具言其事,无有隐讳,人皆义之。

第六章　董小宛

张明弼《冒姬董小宛传》云：董小宛名白，一字青莲，秦淮乐籍中奇女也。七八岁，母陈氏教以书翰，辄了了。年十一二，神姿艳发，窈窕婵娟，无出其右。至针神曲圣，食谱茶经，莫不精晓。顾其性好静，每至幽林远壑，多依恋不能去。若夫男女阗集，喧笑并作，则心厌色沮，亟去之。居恒揽镜自语其影曰："吾姿慧如此，即诎首庸人妇，犹当叹采凤随鸦，况作飘花零叶乎？"

婉 兰

徐岳《婉兰传》云:陈生虚谷,楚鄙贫士,客游广陵,无所依托,以授经积资娶室蔡氏,因家焉。未几,蔡氏死,中馈乏人,躬亲井臼。一日,晨起汲水,见锦囊若沉若浮,提之甚重,负以入室,启视之,一女郎,尚有微息。负之行室中,霍然一吐,遂张目凝睇,悲不自胜。慰解再四,曰:"妾金陵张氏婉兰也,徽商某以千金买我为妾,主母妒,置之别室,不令主人近。主人今春往汉口,近将归,主母醉妾以醇醪,沉于河,不知君子从何救至于此。再生之恩,何以为报?"然生室浅陋,不能藏焉。商于居停,适居停与其主母为内戚,谓陈生曰:"我甚怜此女之慧而不得其所,今又如此,事可图也。"因往见其主母。寒温毕,问曰:"某姬何在?"其主母失色支吾。居停曰:"毋诳我,我已尽悉。及早善处,犹可掩盖。倘再迟一刻,到公庭,事有不可言者。"其主母跪问计,曰:"陈生楚人,适断弦,若能资以千金,并出婉兰衣饰嫁之,令其西归,永无后患耳。"其主母一一如之,复厚赠焉。陈生即与婉兰谐伉俪,挟以归楚。

曼 殊

《毛西河文集》云：曼殊，丰台卖花翁女。（陈检讨维嵩序云："疏篱织处，青门种树之翁。纤笼携来，缟袂卖花之姝。"汪主事懋麟诗云："荒村侍婢卖花回，补屋牵萝晓镜开。怪底红颜如芍药，妾家生小住丰台。"汪春坊楫诗云："春到长安芍药开，寻花曾一到丰台。自从解语归金谷，不是花时客也来。"张学士英诗云："闻说丰台住小姑，百环新髻世应无。又添一段游人话，芍药开时说曼殊。"）生时，母梦邻姬以白花一当（一根也）寄使卖。其前邻奶奶庙也，后邻钱氏，疑昔者乃钱氏姬，因名阿钱。（周赞善清原《续长恨歌》云："张家小女名阿钱，种花家住丰台侧，生成骨骼一枝香，斟酌衣裳百花色。"）

阿钱慧甚，能效百鸟音，京城贩儿推货车行叫卖，嘤喇不可辨，阿钱遥闻便知之。十岁前村学针线，把剪即能刻花种、人兽，不构谱，俨熟习者。客有以千钱购蓄绣，幡灯于前村家，阿钱方学绣，立应之去。既长，色白，目有曼光，十指类削玉，鬒发委地可鉴。（《续长恨歌》云："十枝春笋扶钗出，一寸横波入鬓流。银蒜双双垂彩索，晓日瞳眬射汝阁。"

张编修廷瓒诗云："子夜清歌醉不醒，曾看宝髻倚银屏。菱花掩后香云散，肠断春山一样青。"）才拢头，作十种名，最上以发绯绡，作连环百结蟠顶前，名百环髻。（《留视图自序》云："饰予生平所梳百环髻。"王舍人嗣槐诗云："东风吹罗衣，空园自摇曳。采将千种花，拢作百环髻。"《续长恨歌》云："八幅湘裙初拂地，百环云髻早宜春。"方编修象英诗云："自制新妆号百环，春风摇漾画图间。无端梦逐空王去，凄绝丰台旧日山。"张中书睿诗云："百结云环别样妆，曼殊花放下巫阳。只今留视图犹在，减却生时一段香。"乔侍读诗云："百环髻就玉为神，别有秾华领好春。斜傍青山长不扫，有谁堪作画眉人。"）顾性贞静，十二从庙归，路人观者啧啧称好，姑则大愠，归不再出。

予来京师，益都夫子为予谋买妾，有以阿钱言者。豫遣二世兄往视，不许。（吴文学阐思诗云："争似丰台解语花，脸波春色衬朝霞。盈盈碧玉年娇小，不爱青齐宰相家。"乔侍读诗云："村庄无复在东墙，但对名花引兴长。莫道小家刘碧玉，一生不嫁汝南王。"）先是阿钱病，西山尼师过其门，咨嗟曰："阿钱不年，不宜为人妻。"或曰："为小妻即免。"遂决计作妾，然往请者率骄贵，深不自愿。及二世兄往，谓犹是相公家也。越数日，予亲往询。予喜甚，且有谬誉予善文者。（李检讨澄中诗云："守身坚择对，偃蹇已数夫。不惜充下陈，但愿嫁通儒。毛郎富文史，作赋迈三都。"《续长恨歌》云："纷纭梁肉皆尘土，不愿将身入朱户。兰生空谷人自知，啧啧张家有贤女。毛君一赋奏凌云，柱下才名天下闻。"龙检讨燮诗云："湘湖词客毛先生，日昨捧檄来燕京。子虚赋献官侍从，闺中儿女皆知名。"李中允铠诗云："毛子銮坡彦，文笔五色鲜。造访出花下，惊鸿何翩翩。岂有十斛珠，乃订三生缘。盈盈赋丽情，慕义良独难。"）是夜，予梦大士取盔中花手授予。次日，插戴。（北方以下定为插戴。《续长恨歌》云："蔬篱野径多闲暇，落花无人碧窗夜。天然方洁不由人，优钵昙花是化身。"胡文学渭生诗云："媒氏新传玉帐音，定情何用百黄金。帘前一见如相识，为插莲花玳瑁簪。"丘学士象升诗云："昨夜优昙带露开，簪花迤逦到丰台。湘帘一控春如海，万朵花光入座来。"）其母兄与其母疑予年大又贫，且相传妇妒，欲悔之，阿钱不然。（陈序云："原思入仕，仍然环堵之家；仲路居官，不离缊袍之色。况乎桓家郡主，性极矜严；吴国夫人，理多贵倨。王茂宏将膺九锡，时来悠谬之谈刘孝标永憾三同，属有纷纭之论。而乃情坚一诺，面许三生。"《续长恨歌》云："相国冯公重古风，为访名姝到韦曲。韦曲春花烂漫生，求婚三唱踏莎行。忍传妇妒几中止，官贫复恐离乡里。阿钱却喜嫁才人，委身情愿同生死。"刘文学锡旦诗云："梦授一枝和露种，肯教连理被云遮。"）

及娶，检讨陈君就予饮，更名曼殊。曼殊者，佛花也。（汪主事诗云："昨宵梦乞杨枝露，从此更名号曼殊。"陈序云："仆于阮妇之新婚，曾学刘桢之平视。屏前乍见，遽讶天人；烛下潜窥，已惊绝世。值此同官之被酒，屡为爱妾以征名。以姬凤悟静因，亲耽禅喜，遂傍稽夫梵夹，肇锡之以曼殊。"姜州丞启诗云："曼陀花散到人间，色相端然菩萨鬘。"蔡修撰升元《月上纱窗夜乌啼》词云："檀心蕙质玉亭亭，解语识迦陵。慈云一滴杨枝露，订三生，却向天花落处认前身。"《续长恨歌》云："同官往往停骑御，欲拜青娥不能去。迦陵太史为征名，曼殊本在西方处。"）曼殊既归，执挚（即贽）愿从学。取书观，有悟才；把笔即能画字，其字每类予，见者辄谓予假为之。（任黄门辰旦传云："检讨善诗文，能书，晓音律。曼殊心习焉，辄似检讨。"方编修诗云："夫子江东早擅名，学书学字尽聪明。"吴文学陈琰诗云："学书不学卫夫人，别有簪花体格新。争怪拈毫似夫婿，燕钗作贽仿来真。"施侍读闰章诗云："夫人才

把笔,便作逸少字。如此好夫婿,何处不可似。"朱供奉叶
儿乐府云:"檀板能歌绝妙词,银钩学写相思字。")尝为予
书刺,早起呵冻,连作十余,刺心痛,遽罢。(陈序云:"于
是杂弄简编,闲亲文史。画眉楼畔,即是书林;傅粉房中,
便成家塾。学新声于弦上,询难字于枕间。硬黄纸滑,窃
书夫子之衔;缥碧钗轻,戏作门生之贽。"张检讨鸿烈诗
云:"瞥见仙姝漫七年,每闻素腕写鸾笺。"潘检讨耒诗云:
"学得簪花字体新,鸾笺十幅簇芳茵。修成外传多情思,
为有灯前拥髻人。"予有《曼殊病》诗云:"黛碗谁书刺,银
床想挈壶。曼陀花一朵,看向日边枯。")

　　予生平好歌,至是,酒后歌,每歌必请予复之,三复则已
能矣。按拍度节,丝黍不得爽,尤喜歌真定夫子祝家园词。
(梁司农夫子《桂枝香》曲开句:"赏心乐事,祝家园里。"冯太
傅夫子长歌云:"从来绣阁惜娉婷,红牙欲按声转停。闻君
雅擅周郎顾,妾若歌诗君细听。"《续长恨歌》云:"学书便做
簪花格,偷曲初成按拍时。"又云:"拙宦中年何草草,但看曼
殊愁顿扫。酒阑一唱祝家词,温柔乡里真堪老。冰弦檀板
两怡然,花底征歌月底眠。"田编修儒诗云:"百绾云鬟巧样
成,淡黄裙子称身轻。清歌按板偏能会,不数红红记豆名。"
胡文学诗云:"新翻子夜与前溪,顾曲周郎总不迷。一唱黄

鸡娇欲绝,箫声洞彻凤楼西。"王光禄三杰诗云:"歌残金缕不胜悲,记得南园卧病时。夜起与郎花下坐,含颦一唱祝家词。"曼殊自为诗云:"阶草衔虚槛,亭榴接断垣。酒阑携锦瑟,请唱祝家园。")第苦无弹者,不可已,呼盲女街前琵琶,听数曲,谛视其拢捻挑拨,遂能弹。(朱供奉《洞庭秋色》词云:"想暗通心曲,朱丝弦里;尽携书卷,玉镜台前。"尤检讨侗《新样四时花》曲云:"罗敷赵瑟侬家古,子夜吴歌近日谙。"袁编修佑诗云:"郎自艳吴曲,侬自缓秦筝。双栖梁上燕,解语弄春声。"冯检讨勖诗云:"细抛红豆谱相思,肠断金槽一缕丝。谁道梁尘惊散后,酒阑犹唱祝家词。"吴别驾融诗云:"绿水春来艳,金槽夜自弹。市楼盲女在,莫作段师看。")

顾得奇疾,初,书刺心痛,谓脘寒也;既谓伤肝,输东风木扬,春作秋止;又既谓中溓,有瘕癖在胃傍,气积不行。历数载。审候终不得其要领。每疾作,遍体若焍,使婢按摩之不足;以帔作兜,负之行,又不足;缒筐而坐之,东西推挽若秋千然。(任黄门传云:"然有奇疾,疾剧,则必约彩为兜,有若花篮,坐其中,悬诸空际,左旋右转,乃少可特。终不可治。尝遍搜方衍,不治;遂立愿舍身作佛弟子,不治;乃召绘者图之,名曰《留视图》云,已而竟不可治。"陆文学宏定诗云："病倚篮舆挹翠霞，后庭编径曲栏斜。彩兜行遍虽无迹，犹长金莲处处花。"）

尝梦邻庙奶奶唤归去，一日，携儿至，曰："汝本吾家物，我挤眼，汝当随我行。"其儿曰："家去罢不去？"奶奶么喝醒，乃刻桃木为偶人，饰之衣，被以生平所梳百环髻，流涕送庙间。（赵编修执信诗云："淡红香自好容颜，宝髻堆云作百环。唤作佛花原自误，如今争肯住人间。"吴文学陈琰诗云："阿钱生小态婵娟，多病皈依绣佛前。不信曼陀花一朵，忍教憔悴夕阳天。"又云："妖梦频随阿母回，香檀分影礼莲台。百鬟巧髻亲留视，画里真真唤不来。"沈文学季友诗云："雕香分送泪模糊，六尺生绡便作图。认取白衣龛外立，前身应是小龙姑。"予《送偶人》诗云："且送青娥去，言随阿母归。荷花开作面，菊叶剪为衣。泪尽中途别，魂离何处依。他时香案下，相待莫相违。"曼殊自为诗云："百计延医病转深，暂回阿母案傍身。此身久已魂离壳，莫道含鼙又一人。"）乃复图其形，名留视图，而题诗焉。（梁司农夫子诗云："百朵云光绾髻斜，焚香小坐澹铅华。画图展向春风里，好护丰台第一花。"任黄门诗云："舍身现在礼慈云，月月纤腰减半分。何事画工还染色，澹红衣褶藕丝纹。"沈明甫皞日诗云："弹窝石畔冷如冰，消得春风数尺绫。一自檀雕分影去，夜深只坐佛前灯。"阮庶常尔询诗云；"新镂香檀旧梦频，碧绡留供佛前身。由来仙骨原无二，不信双毫写玉人。"汪春坊霦诗云："宝篆依微绣佛前，香台欹坐髻鬟偏。梦魂缥缈知何处？只在莲花秋水边。"高征士述诗云："百结云鬟委陌尘，一函玉骨瘗江滨。可怜遗落春风影，挂向花前还妒人。"郑骠骑勋诗云："细雨难滋天上花，春光杳渺白云赊。可怜粉黛空留视，肠断当时油壁车。")

初，予妇将至，徙居南西门坟园，虑不容也。益都夫子怜其穷，强予开阁，而曼殊难之。其后，有假予意逼遣之者。曼殊死，复活。（曼殊有《回生记》云："曼殊以壬戌十月十一日死，越三日，高邮葛先生治之，复苏。"李检讨《曼殊诗》云："食贫二三载，两情如斯须。何意南来者，事变出不虞。举家色惨凄，丞相谓曼殊。毛郎生迟暮，官贫徒区区。改图便尔为，作记莫太迂。曼殊一无语，泪落红罗襦。"又云："始至将逼迫，既乃复揶揄。郎意久异同，计事一何愚。曼殊大悲摧，天乎我何辜！郎今负义信，怵哭声呜呜。气结肠欲断，死生在须臾。仓皇觅良医，强起事跔跛。药饵徐徐下，数日魂始苏。"李中允诗云："踟蹰贮别馆，咫尺银河悬。脉脉但相望，郎言遂浪传。谓当羽翼乖，听续鸳鸯弦。闻言一悲愤，气绝如丝联。已乃泣吞声，仰首呼苍天。"《续长恨歌》

云："食贫三岁恩情重，恩情只道长相共。桓家郡主蓦地来，惊散鸳鸯夜深梦。深情无赖金门客，愁煞飘风荡魂魄。仓卒坟园贮阿娇，将使犊车无处觅。那料流光迅如电，好信不来飞语遍。野花村落白杨郊，安得仙郎日相见。含情一恸倒玉山，杳杳冥冥去世问。葛翁投药虽扶起，那得桃花还结子。画图试展旧时容，玉貌花姿全不是。"孟监州远记云："其初归也，则不以迟暮为非匹，而惟以得偶乎才子为幸。其濒危也，群言纷构，犹矢若金石，惟愿得死于才子之手。"彭侍讲孙通诗云："优钵从来不染尘，无端号作断肠春。凭谁地下三弹指，唤起迦文坐畔人。"张文学暗然诗云："曾说南园卧病时，金槽犹拨祝家词。新声不向丰台度，付与啼莺恋旧枝。"曹学士禾诗云："芍药初开骤委泥，丰台扰见草萋萋。甘心远葬西施里，苦恋贫官与忌妻。"杨文学《卧续张夫人拜新月词》云："拜新月，拜月在前墀。死魄回生后，残眉未扫时。"）

至是，病转剧。尝曰："令吾小可者，吾当为尼忏除之。"（李中允诗云："古今伤心人，慷慨以永叹。庶几法王力，遣此长恨端。灼灼青莲花，阿母梦所塞。因之绮罗中，爱参清静禅。"《续长恨歌》云："从此香奁日日扃，长斋顶礼愿难成。彩兜虚约香尘满，伏枕空房心胆惊。"）既而，谓予曰："向阿三病时,(予从子。阿三死京师,)予藉其园居,邀君日来以为幸。今君将南行,而予以病残留尼寺中,其能来乎?"泣曰:"他日君归者,吾请以尼随君行,惟君置之。"既而,病发死。(曼殊之死,京朝争作挽吊。自梁司农夫子暨张曹诸学士以下,诗词文赋不可胜纪,又有作鼓子词,同韵唱和成帙。如云间李秋、李榛、顾士元、马左,西泠何源长、魏里、周珂,同郡成聿璋、达志、金振甲、马会嘉、王麟游、陶簋、刘义林诸君,至同馆生,有《记碧虚仙史》、作《盎中花》杂剧者,皆汇载别集。)死时羸甚,及敛,面有生色,坐而衣,骨节缓泽如平时。(任黄门诗云:"垂帘无力倚阑干,怕见庭花易早残。偏怪瓦棺将掩处,海棠犹作睡时看。")

初,陈检讨孺人死,索予为墓铭,而贻予以绢。绢浅黄色,为制裙,而喜,嘱曰:"假使贻绢有桃晕红者,当复制一裙。"越四年,无有贻者。既敛,乃卖金槽,裁一裙纳柳棺中。(《续长恨歌》云:"去路茫茫在何处?矫首空濛隔烟雾。金槽卖却剪红裙,大叫曼殊将不去。"高征士诗云:"罗裙浅淡剪鹅黄,一束纤腰白玉床。长恨无人十洲外,飞行为见返魂香。"吴文学诗云:"减尽纤腰胜小蛮,淡黄裙子带围宽。可怜红绢空裁剪,不付金箱付玉棺。)

陈小怜

　　杜濬《陈小怜传》云：陈小怜，郯城女子也。年十四，遭兵乱，失所，落狭斜。有贵公子昵之，购以千金，贮之别室，作小妻，相好者弥年。大妇知之，恚甚，磨砺白刃，欲得而甘心焉。公子不得已，召媒议遣，居间者以为奇货，遂将小怜入燕中，住西河沿，亦狭斜也。小怜姿慧不凡，遂动都人士，声价翔贵。虽达官富人，有华筵上客，欲得小怜一佐酒，必先致意通殷勤，为期旬日之后，然后得其一至。时燕聚四方之士，座中往往多年少美姿容者，结束济楚，媚态百出，自谓必得当于小怜，小怜弗睇也。

　　而钱唐知名士范性华者，老成人也，馆于燕。一日以赴某公宴，遭小怜，虽颇异其姿，然平澹遇之耳。范时年五十余，人地固自轩轩，顾貌已苍然，意不在佻达。而小怜一见，独为之心醉，注目视范，自入座以至酒阑，目不他视。凡范起则视其起，范步则视其步，范复就座则视其就座，往则目送，旋则目迎。已或时起数步之外，必回头视范，如恐失之。小怜固素谨，忽如此，举坐咸诧异。范反为局蹐不自得，笑而左右顾，而小怜自如也。将别，则详问范姓字，归而朝夕诵之。

有潘生者，往来于其家，又素识范，谓小怜曰："尔念范君如此，盍往访之？"小怜正色曰："吾既已心许范君终身矣，若猝往，是奔也。姑少待，范君相迎，斯可矣。"潘以其言白范，范犹恐其难致，试走伻探之。值小怜是日有巨公之约，肩舆在门矣，立改其所向，语其姬曰："某公之约，一惟汝多方辞绝之，我赴范君召，不顾矣。"小怜至范所，语次谓范君曰："君知我日者席间注目视君之故乎？"范曰："初不知。"小怜曰："吾见君之酷似吾故夫也，吾不能舍君矣。"是时小怜年始十七。范笑曰："以子之姿慧从良，意故甚善，然当择年相若者。吾岂若偶耶？"小怜应曰："君误矣！三十年以内所生之人，岂有可与论吾心者哉？"范大奇其言，叩之，知尝读书，粗通《朱子纲目》。范初无意，至是固已心动矣，因留连旬朔，相与定盟，然后去。

而小怜所与一时宦方与范相忌，闻之雅不能平，辄计致小怜曲室中，出而扃其户，以困之。小怜顾室中有髹几，长丈余，遂泚笔于几上书"范性华"三字，几千百满之。时宦归而睹几上字，色变不能言。燕中尝作胜会，广召宾友，及狎客妓女皆与。酒酣，客为觞政，下令人各饮满，既酌，自言其心上人为某,不实者有如酒。次第至小怜,或戏之曰:"尔心上人多矣,莫适也谁也?"小怜嗔曰:"是何言,一人而已。"起持巨觥,命满酌,一饮绝沥,覆觞大呼曰:"范性华。"举座相顾,以为此子无所引避矣。其笃挚至于此。

然久之无成事,范于是仰天叹曰:"醇政莫非丈夫乎?何遂力不能举一女子,而忍负之也?且小怜与吾约者,极不难耳。督过愆期,至于舌敝。金台之下,识范性华者多矣,而将伯之助寂然,又安事交游为?"乃为诗自伤云:"只愁世少黄衫客,李益终为薄幸人。"信乎其为薄幸人矣。小怜以河清难俟,竟为有势者强劫以去,犹留书于范云:"非妾负君,妾终不负君也。"噫,是可悲矣!

先是,小怜每数日不晤范,辄废眠食。及范至,则又庄语相勉以大义,且曰:"出处一不慎,则君之词翰俱可惜矣!"闻者以为此非巷中人语。又力劝范迎其室人来燕中,曰:"小怜异日得事君子,固甘为之副。"范用其言,得与室人病诀,厚殡成礼,小怜一言之力也。范尤感之云。

徐无山人赞曰:昔晋羊皇后丑诋故夫,以媚刘聪,其死也化为千百亿男子,滔滔者皆是也。陈小怜何人,独不以故夫为讳。而吾友范性华,以似其故夫见许,岂羊皇后之教反不行于女子乎？噫，是为立传。

程弱文

罗坤《程弱文传》云：弱文程氏，名璋，歙人程某之女也。其母梦吞花叶而生。幼极颖慧，九岁即好弄翰墨，工诗文，日摹《曹娥》《麻姑》诸帖，书法尤称精楷。性复喜植花，更爱花叶，能于如钱莲叶爇制为笺，书《心经》一卷。及笄，适里人方元白，伉俪甚欢。元白偕友人吴某作客广陵，弱文忧形颜色，不能自已。尝作诗文缄寄元白，元白开缄，辄闭户欹戯，怅惋累日。

一日，平头复持缄至，友人伺其出，私启视之，乃制新柳叶二片，翠碧如生，各书绝句一首。其一曰："杨柳叶青青，上有相思纹。与君隔千里，因风犹见君。"其二曰："柳叶青复黄，君子重颜色。一朝风露寒，弃捐安可测？"

又有《染说》一篇、《原愁》一则寄元白，文情绵恻，媚楚动人。年二十一而卒，著有文集数卷。歙人有传之者。元白伤悼过情，终不复娶，亦不复作客，遂入天台山为名僧焉。

董小宛

张明弼《冒姬董小宛传》云：董小宛名白，一字青莲，秦淮乐籍中奇女也。七八岁，母陈氏教以书翰，辄了了。年十一二，神姿艳发，窈窕婵娟，无出其右。至针神曲圣，食谱茶经，莫不精晓。顾其性好静，每至幽林远壑，多依恋不能去。若夫男女阗集，喧笑并作，则心厌色沮，亟去之。居恒

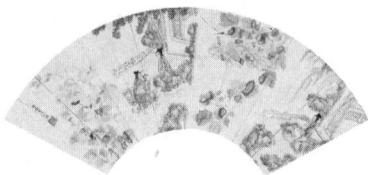

董小宛，名白，号青莲，苏州人，歌妓，"秦淮八艳"之一，名隶南京教坊司乐籍。后董小宛结识复社名士冒辟疆。明亡后小宛随冒家逃难，此后与冒辟疆同甘共苦直至去世。

揽镜自语其影曰："吾姿慧如此，即诎首庸人妇，犹当叹采凤随鸦，况作飘花零叶乎？"

时有冒子辟疆者，名襄，如皋人也，父祖皆贵显，年十四即与云间董太傅、陈征君相倡和，弱冠与余暨陈则梁四五人刑牲称雁序于旧都。其人姿仪天出，神清彻肤，余尝以诗赠之，目为东海秀影。所居凡女子见之，有不乐为贵人妇愿为夫子妾者无数。辟疆顾高自标置，每遇狭斜掷心卖眼，皆土苴视之。己卯，应制来秦淮，吴次尾、方密之、侯朝宗咸向辟

疆啧啧小宛名。辟疆曰："未经平子目，未定也。"而姬亦时时从名流宴集间闻人说冒子，则询冒子何如人。客曰："此今之高名才子，负气节而又风流自喜者也。"则亦胸次贮之。比辟疆同密之屡访，姬则厌秦淮嚣，徙之金阊。比下第，辟疆送其尊人秉宪东粤，遂留吴门。闻姬住半塘，再访之，多不值。时姬又患嚣非，受縻于炎炙，则必逃之齟齬之径。

一日，姬方值醉唾，闻冒子在门，其母亦慧，倩亟扶出，相见于曲栏花下。主宾双玉有光，若月流于堂户。已而四目瞠视，不发一言。盖辟疆心筹，谓此入眼第一，可系红丝。而宛君则内语曰："吾静观之，得其神趣，此殆吾委心塌地处也。但即欲自归，恐太遽。"遂如梦值，故欢旧戚，两意融液，莫可举似。但连声顾其母曰："异人，异人。"辟疆以三吴坛坫争相属，凌遽而别。阅屡岁，岁一至吴门，则姬自西湖远游于黄山白岳间者将三年矣。此三年中，辟疆在吴门有某姬，亦倾盖输心，遂订密约。然以省觐衡岳，不果。

辛巳夏，献贼突破襄樊，特调衡永兵备使者监镇军。时辟疆痛尊人身陷兵火，上书万言于政府言路，历陈尊人刚介不阿，逢怒同乡同年状，倾动朝堂。至壬午春，复得调，辟疆喜甚，疾过吴门践某姬约。至则前此一旬，已为窦霍豪家不惜万金劫去矣。辟疆正旁皇郁壹，无所寄托，偶月夜荡叶舟，随所飘泊，至桐桥内，见小楼如画图。闲立水涯，无意询岸边人，则云此秦淮董姬自黄山归，丧母，抱危病，镝户二旬余矣。辟疆闻之，惊喜欲狂，坚叩其门，始得入。比登楼，则灯炝无光，药铛狼藉，启帷见之，奄奄一息者，小宛也。姬忽见辟疆，倦眸审视，泪如雨下，述痛母怀君，状犹乍吐乍含，喘息未定。至午夜，披衣遂起，曰："吾疾愈矣！"乃正告辟疆曰："吾有怀久矣！夫物未有孤产而无偶者，如顿牟之草、磁石之铁，气有潜感，数亦冥会。今吾不见子则神废，一见子则神立。二十日来，勺粒不沾，医药罔效。今君夜半一至，吾遂霍然。君既有当于我，我岂无当于君？愿以此刻委终身于君，君万勿辞。"辟疆沉吟曰："天下固无是易易事。且君向一醉晤，今一病逢，何从知余，又何从知余闺阁中贤否？乃轻身相委如是耶？且近得大人喜音，明早当遣使襄樊，何敢留此？请辞去。"至次日，姬靓妆鲜衣，束行李，屡趣登舟，誓不复返。姬时有父，多嗜好，又荡费无度，恃姬负一时冠绝名，遂负逋数千金，咸无如姬何也。

自此，渡浒墅，游惠山，历毗陵、阳羡、澄江，抵北固，登金焦。姬著西洋布退红轻衫，薄如蝉纱，洁比雪艳，与辟疆观竞渡于江山最胜处，千万人争步拥之，谓江妃携偶踏波而上征也。凡二十七日，辟强二十七度辞，姬痛哭，叩其意，辟疆曰："吾大人虽离虎穴,未定归期,且秋期逼矣,欲破釜焚舟,冀一当。子盍归待之?"姬乃大喜,曰:"余归,长斋谢客,茗碗炉香,听子好音。"遂别。自是,杜门茹素,虽有窦霍相橄,佻佽横侮,皆假贷赂贿以蝉脱之。短缄细札,责诺寻盟,无月不数至。迨至八月初,姬复孤身挈一妇,从吴买舟江行。逢盗,折舵入苇中,三日不得食。抵秦淮,复停舟郭外,候辟疆闱事毕,始见之。一时应制诸名贵,咸置酒高宴。中秋夜筋,姬与辟疆于河亭演怀宁新剧《燕子笺》。时秦淮女郎满座,皆激扬叹羡,以姬得所归,为之喜极泪下。

榜发,辟疆复中副车,而宪副公不赴新调,请告适归。且姬索逋者益众,又未易落籍。辟疆仍力劝之归,而以黄衫押衙托同盟某刺史。刺史莽,众哗挟姬匿之,几败事。虞山钱牧斋先生维时不惟一代龙门,实风流教主也,素期许辟疆甚远,而又爱姬之俊识。闻之,特至半塘,令柳姬与姬为伴,亲为规画,债家意满。时又有大帅以千金为姬与辟疆寿,而刘大行复佐之,公三日遂得了一切。集远近与姬饯别,于虎嘭买舟,以手书并盈尺之券送姬至如皋,又移书与门生张祠部为之落籍。八月初,姬南征时,闻夫人贤甚,特令其父先至如皋,以至情告夫人。夫人喜诺已久矣。

姬入门后,智慧络绎上下,内外大小,罔不妥悦。与辟疆日坐画苑书圃中，抚桐瑟，赏茗香，评品人物山水，鉴别金石鼎彝。闲吟得句与采辑诗史，必捧研席为书之。意所欲得与意所未及，必控弦追箭以赴之。即家所素无、人所莫办，仓猝之间靡不立就。相得之乐，两人恒云天壤间未之有也。

申酉崩坼，辟疆避难渡江，举家遁浙之盐官，履危九死。姬不以身先，则愿以身后，宁使兵得我则释君，君其问我于泉府耳。中间智计百出，保全实多。后辟疆虽不死于兵，而濒死于病。姬凡侍药，不闲寝食者必百昼夜。事平，始得同归故里。前后凡九年，年仅二十七岁，以劳瘁病卒。其致病之由，与久病之状，并隐微难悉，详辟疆忆语哀辞中。不惟千古神伤，实堪令奉倩安仁阁笔也。

琴牧子曰：姬殁，辟疆哭之曰："吾不知姬死而吾死也！"予谓父母存，不许人以死，况裀席间物乎？及读辟疆哀词，始知情至之，人固不妨此语也！夫饥色如饥食焉，饥食者获一饱，虽珍羞亦厌之。今辟疆九年而未厌，何也？饥德，非饥色也。栖山水者十年，而不出其朝光夕景，有以日酣其志也。宛君其有日酣冒子者乎？虽然，历之风波疾厄盗贼之际，而不变如宛君者，真奇女可匹我辟疆奇男子矣。

第七章　太原女

　　徐瑶《太恨生传》云：太恨生，东海佳公子也。与余形影周旋，神魂冥合，因熟悉情事。生父司李公望重一世，生承家学，折节读书，当代名流咸倾其才调。丰神俊迈，性孤洁寡欲，未尝渔非礼色。娶元女夫人，婉美贞淑，生相敬如宾。夫人尝谓生曰："吾夙耽清静，苦厌凡缘。膝下芝兰，幸早林立，生平志愿已足。当觅一窈窕，备君小星。吾即绣佛长斋，不复烦君画眉矣。"生曰："自卿为余家妇，闺门雍睦，方期百年偕老，忍令卿诵白头吟耶？虽然，卿业有命，余宁矫情？第选妾须德才色皆备乃善，正恐书生命薄，难获奇缘，有辜卿意耳。"

娟 娟

《娟娟传》云:木生,字元经,少有俊才。成化中,以乡荐入太学,尝登泰山观日出,夜宿秦观峰,梦有老妇携一女子,相见甚欢,如有平生之分。既又遗一诗扇,展诵未终,忽钟鸣惊寤而起,其所梦道路第宅,历历皆能记忆。明年,将入都,道出武清,散步柳阴中,过一小溪。道傍有遗扇在草中,收视之,上有诗云:"烟中芍药朦胧睡,雨底梨花浅淡妆。小院黄昏人定后,隔帘遥辨麝兰香。"仿佛是梦中所见者,珍袭藏之。行未几进,见一女郎从二女,侍游花下,迤逦将返。生趋避之。时为三月既望,新雨初霁,微风扇暖。女郎徐邀二侍,穿别径结伴而去。

生伫立转盼,但见带袂飘举,环佩锵然,百步之外异香袭道,绰约若神仙中人。遂以所佩错刀削树为白,题一绝句曰:"隔江遥望绿杨斜,联袂女郎歌落花。风定细声听不见,茜裙红入那人家?"徙倚弥望而行,前至野店中,问诸村民,或曰:"此去里许有田将军园林,岂即其家眷属乎?"生明日又往树下,竟日无所遇,惟见溪水中落花流出,复题一绝句,续书于树曰:"异鸟奇花不奈愁,湘帘初卷月沉钩。人间三日无红叶，却放桃花逐水流。"自后不复相闻，然前所得遗扇，每遇良辰胜会，未尝不出入怀袖，把玩讽咏，爱如拱璧。

壬午，生谒选天官，隶名营缮。当春，牡丹盛放，生拟闲游，因勒马道傍，值马渴奔水，左右皆前逐马。生下，立井傍民家。其家以贵客在门，召一邻翁延入。初经重屋，仅庇风日。再过曲径，越小院，其中楼台阑楯，金碧辉耀，恍非人世。生稍憩，便欲辞出。翁曰："内人乃老夫寡妹，年亦逾五旬矣。幸暂留伺马至，行无伤也。"生起挥扇，逍遥历览画壁，翁从傍见其扇，进曰："此扇何从得之？"生曰："吾数年前过武清所得，道傍遗弃也。"翁借观，遽持入内。顷之，出告生曰："天下事萍梗遭逢，固有出于偶然者。适见扇头诗，疑为吾甥女手笔，入示吾妹，果非误也。"

生初入其室庐，皆若梦中所经行者，心已异之；及闻翁言，愈骇异。再引入一曲室，帏帐妍丽，金玉焕然。至一室，几榻整洁，琴瑟静好，莫能名状。须臾，一老妇出拜，自言"姓钱氏，老夫田忠义，官至上轻车都尉，往岁扈从西征，为流矢所中，舆疾归武清。小女娟娟时年十四，随侍汤药，偶遗此扇，不意乃入君子之手。今夫亡三载矣，睹物兴怀，不觉遂兴伤感。然当时溪树上有二绝句,不知何人所书,小女因寻扇再至其地,经览而归,至今吟哦不绝于口。"生请诵之,即其旧题也。

老妇因请命娟娟出见,传良久,不至。母自入谓女曰:"客即树上题诗人也。"娟娟强起,严服靓妆,与母相携而出。至则玉姿芳润,内美难征,俨然秦观峰所见也。生又以梦告母,共相叹异久之。马至,珍重辞谢而去。

明日,邻翁以娟母命来,请以弱女为君子姬侍。生喜出望外,遂以其年四月成礼。娟娟妙解音律,通贯经史,凡诸戏博杂艺,靡不精晓,情好甚笃。

未阅月,生以督运南行,乃锁院而去。母先亦暂至整清,遣人问讯。娟娟从门隙中附诗于母寄生曰:"闻郎夜上木兰舟,不数归期只数愁。半幅御罗题锦字,隔墙裹赠玉骚头。"是夕,生适自潞还,娟出迎,生曰:"方从马上得诗,未有以复。"即口占赠娟娟曰:"碧窗无主月纤纤,桂影扶疏玉漏严。秋浦芙蓉偏献笑,半帘斜映水晶帘。"

其冬十月,生以太夫人忧去职,河冰既合,娟适病,不能偕行。生存亡抱恨,计无所出,邀母与娟同居,约以冰解来迎,相与悲咽而别。明年春,娟病不能行,遣翁子钱郎以诗寄生曰:"楚天风雨绕阳台,百种春花次第开。

谁遣一番寒食信,合欢廊下长莓苔。"生遣使往迎,比至,则不起匝月矣。

辛卯冬,生再入都,过女家,见娟娟画像。题诗其上曰:"人生补过羡张郎,已恨花残月减光。枕上游仙何迅速,洞中乌兔太匆忙。秦娘似比当年瘦,李卫暂多旧日狂。梅影横斜啼鸟散,绕天黄叶倚绳床。"人多传诵焉。

太原女

徐瑶《太恨生传》云:太恨生,东海佳公子也。与余形影周旋,神魂冥合,因熟悉情事。生父司李公望重一世,生承家学,折节读书,当代名流咸倾其才调。丰神俊迈,性孤洁寡欲,未尝渔非礼色。娶元女夫人,婉美贞淑,生相敬如宾。夫人尝谓生曰:"吾夙耽清静,苦厌凡缘。膝下芝兰,幸早林立,生平志愿已足。当觅一窈窕,备君小星。吾即绣佛长斋,不复烦君画眉矣。"生曰:"自卿为余家妇,闺门雍睦,方期百年偕老,忍令卿诵白头吟耶? 虽然,卿业有命,余宁矫情? 第选妾须德才色皆备乃善,正恐书生命薄,难获奇缘,有辜卿意耳。"

先是,太原某世为洞庭山人,以贫故,赁其妻为生子保媪。未几，某死，遗一女无依，寄养豪右某家。某家妇悍，名曰养女，实婢蓄之。女受困百端，无生理，媪恚甚，往争曰："向固以吾女为若女，而女困辱至此，于义已绝。吾挈女去矣！"某家咸憎女，听媪挈归生家，年十六矣。女虽支离憔悴，而委婉之态楚楚动人。夫人一见，绝怜之，亲为薰沐，教以女红，无不精致。时戊辰冬，生自茂宛归，问所从来，夫人语之故，因谓生曰："曩欲为君置妾，而难其选。今此女明慧端懿，乃天赐也，亦有意乎？"生昵而笑曰："惟卿所命。"生母亦见女贤，密谕媪，欲为生成之。会生仍往茂苑，寻丁外艰，事遂寝。

居半载，夫人乘间谓女曰："吾视汝德性贞醇，体度庄雅，虽名闺淑媛，无以过之，岂宜为庸人妇？吾郎君才品风流，真堪婿汝，当以赤绳系汝两人。幸事获济，即妹视汝，汝盍早自决计？"女沉吟未答，既而泣拜曰："妾茕茕母子，困苦伶仃，来托宇下。夫人遇妾，谊逾所生，常恨碎骨粉身不足为报。生死祸福，敢不惟命？今所以不轻一诺者，诚虑人心叵测，事变难知，三生缘浅，好事多磨折耳！幸辱夫人与郎君约。郎君家世清白，先业未竟，当勉图光大，努力青云。慎毋以儿女情长，令英雄气短。且太夫人春秋高，承欢养志，端在郎君，讵可牵惹闲情，致乖色养？一也。郎君与夫人鸡鸣戒旦，鸿案相庄，万一割爱分宠，遗刺绿衣，妾罪大矣！二也。郎君外服未阕，大节攸关，妾当珍此女儿身，俟除服后，上启高堂，明成嘉礼。倘稍逞情缘，冒嫌涉疑，妾不足惜，人其谓郎君何？三也。诚如妾言，妾无悔矣！"夫人笑曰："固知汝有心人也，好自爱。"因具以告生，生惊喜曰："安得此大学问语？谨受教。"自是生必欲得女，女一意以身委生，而夫人亦惟恐不得当也。

大率女之为人，性殊灵警而严于举止，情极腃恻而简于言笑。居常女伴相征逐，女独靓妆凝神，萧然自远。终日坐阁中，专理刺绣，影匿形藏，非媪呼不入中堂。间遇生，辄遥引。以故终岁同处室中，绝未通一言。生情不自禁，欲得女一晤语，倩夫人为介。女难之，夫人固请曰："郎君无他意，第欲共汝作良友相酬对耳。"至则俨容端坐，双目瞪视而已。然生亦以远嫌，不敢数请相见。即女见生，即邀夫人与俱，乍语乍默，若近若远。间或并坐月中，偕行花下，各陈慰勉之辞，半吐愁思之句。虽情好愈挚，而燕昵俱忘。历三年，不及于乱。夫人亦从旁戏曰："汝两人内密外疏，何乃无风月情？"

生卧室与女妆阁，虽隔绝而实密迩，生中夜朗吟，与女刀尺声时相答也。女尝谓生曰："郎君惊才逸韵，妾如获侍巾帻，永伴文人，素愿已惬。第自恨未娴翰墨，他日香奁中，弗克供奉砚役，奈何？"生笑曰："以汝凤慧，奚患不识字耶？结缡之后，汝备弟子礼，奉余为师，灯前月下，授汝以《论语》《孝经》及古诗词，何如？"女点首曰："尚须教我《法华》《多心》诸经也。"随口授《关雎》数章，并解识意义。女微笑覆之，不遗一字。

生出外，女随夫人过书斋，视几砚上尘拂拭之，图籍纵横者整齐之，庭花悴则汲水灌之。性爱焚香，竟体芳郁绝人，雅好淡素妆，荆钗布裙必整必洁，泊如也。生每遗以香钿诸物，必坚却之；或以夫人命，始受。生常倩制一锦囊，不可；强之，则云："俟两年后为郎制之。"其谨慎识大体如此。

始，女寄养某家时，嫉女殊甚，至是闻女美且贤，乃大悔。遂改养女为养媳，诱媪兄及侄，坐侄主婚，而以媒事属媪甥，更为流言以捏生曰："女固某家妇也，而生实图之。"生有忤奴，利其金，因挟为奇货，于媪前作楚歌，而阴告某家，且授之计。生素以名义自持，又见肘腋间多媒孽者，犹豫未决。会以事远出，某家闻之，疾令媪甥持五十金为聘，给媪兄劫媪，使受约某日来取。生归，益错愕不知所为。夜同夫人谓女曰："吾向以汝为囊中物，今变起不测，势难复挽，奈何？"女曰："妾计决矣，倘事势穷促，以死继之，否则祝发空门耳。外此非妾所知。"生曰:"汝奈何轻言死哉! 余与汝缠绵情境,三载于兹,居恒晤对,俨若宾师。情固难抛,义则可判。今奸人逐影寻声,将甘心于汝万一。以余故轻生,外间耳食其以汝为何如人? 杀身不足以雪恨,只增余悲耳。且汝纵弗自惜,独不念汝母乎? 惟向空门乞命,于计较可。瓣香供佛,余当一以资汝。然汝凄凉禅榻,断送青春,余又不忍令汝出此也。"女欷歔久之,曰:"嗟乎! 郎君,今生已矣!"面壁长号,生频呼之,不复应。时壬申正月十二夜也。

先时,女密藏鸩与剪于衽,为女伴所觉,搜去之。至是,乃手制女僧冠服,促媪于试灯夕偕入尼庵。临行,夫人持女痛哭不忍舍,左右皆掩泣,莫能仰视,生但目送而已。虞辞楚帐,嫱离汉庭,不足喻其悲也。庵内老尼诘其事,不肯为女剃度。哀恳再三,终不许。而某家侦知之,惧有变,急倩媪姒娌趋庵中,防护甚严。女自度不免,中夜起呼媪,哭曰:"母呼儿至此,命矣夫! 为传语。"语未毕,气结不能出声。媪急抱持之,曰:"儿欲何言?"女欲言,复大哭晕绝,如是者三,良久,始曰:"儿与郎君迹若路人,分逾知己。生平志念,皎如日星。本期办一死以报郎君,今流离辗转,计无复之。求死不得,求为尼又不得。命之穷也,一至于斯。天实为之,其又何尤? 儿为郎君涩眼全枯,惊魂久散,顾念死出无名，徒令枉死城中增一孽案耳。今与郎君义断恩绝矣，天荒地老永无见期。好谢夫人善慰郎君，勿复以儿为念，即视儿作已死观可耳。"言讫，母子相抱大恸，仆佛前。而某家人舟适至，蜂拥入庵，挟女而去。

生自与女诀别后，心摇意乱，忽忽如有失。及媪归述女言，益狂惑失志，触目伤神。夫人忧之，且慰且让，曰："吾本欲为君缔此良姻，不图变出非常，累君至是。虽然，君自与女无缘耳。君向不早为之所，因循蹉跎，坐失事机。迨奸人计赚，时以君之力，犹足与争，挺身而前，未必无济。乃袖手任其鼓弄，今大事已去，悔恨何及？且天下岂少良女子，而独沾沾于是耶？"生仰天太息曰："夫人休矣。余非登徒子，誓不效杂情奴态，暮翠朝红。自见女后，毕世悃忱，无端倾倒。试问遇合之奇有如此女者乎？我见犹怜有如此女者乎？两心相得有如此女者乎？乃婉娈一室之中，荏苒三年之久，余亦非鲁男子也，所以禁欲室私，坐怀不乱者，亦冀正始要终，各明本怀耳。事幸垂成，一朝云散。若以丹诚所感，虽灭顶捐躯，亦复奚恤？顾乃咽泪吞声，甘为奸人所卖，诚欲以礼相终始也。鼠牙雀角，适足增羞，抑岂令卖菜佣持我短长乎？今而后，余终当以情死耳。血殷肠裂，骨化形消，此恨绵绵宁有终极？卿勿复生别念，纵使贤如络秀，丽若绿珠，不能易此恨矣！"

自是，益不自聊，或竟日枯坐，或彻夜悲歌，积久遂成心疾。余见且伤之，为作《咄咄吟》一卷，《情忏词》一卷，以广其意。且生与女相爱怜若此，而卒不相遇，真堪遗恨千古，乌容秘而不传？而不知者，反以女为生口实。因详述之，以告天上人间、千秋万世之痴情有如生者。

幻史氏曰：余观生与女，发乎情，止乎礼义，岂寻常儿女子所得拟乎？当其适然相遭，理既允当，于势又便，况有阃内以作之合，如此而不遇，岂人生快意之事，造物者故厄之使弗克有终耶？不然，生与女命实不犹耶？然迹其后先言行，女非有意负生者，形禁势格，变至无如何耳。而生也宁守经毋达权事，固勿易为流俗道。悲夫！语云未免有情，谁能遣此。余又感乎以礼相闲者之情，尤不能已已也。

金　姬

《金姬传》云：金姬姓李氏，名金儿，济南章丘人，李素女也。五世祖嘉谟，伪齐刘豫时，以四郡强壮应募，为云从亲卫子弟。豫爱其年少精敏，又自言与李侍侍郎通谱，时侍亦受伪齐官，因纳为婿，将加爵都尉。嘉谟坚辞不拜，然能谦恭下士，排难解纷，以全善类，人多德之。豫败，故得免祸，归田里为富翁。宋亡，其孙以乡役部发岁运至元都，尝夜对月悲歌，闻邻妇有倚楼而泣者。明日，访之，则宋旧宫人金德淑也，因过语。德淑本杭人，心怀故土，欲以身托南行，遂与通。生一子，名都生，竟留都下。父死，都生从母为金姓，不复与章丘之族相闻。及长，娶大都女子，复生一女。都生亦早亡，家贫甚。偶章丘有李生至，欲求为姜，谋之媒氏，即以都生女应生。李见女，以百金酬聘，眷恋不复思归。居数年，亦生一女，名金儿，即姬也。明敏妙丽，世罕其匹，日诵古今经史及仙佛百家之书。父得张明远之传，精于医卜，悉以其术授之，遂玄妙言人祸福，皆响应，父自谓不能及也。

元室政乱民穷，李生将携家还山东，兵阻，从间出，羁离旅寓盱眙县。夏暑，金氏尝裸体纳凉，李生见其肘下有黑痣，大如五铢。生曰："吾肘亦有一黑痣，形甚似，岂天以形类作合乎？抑亦同苗裔耶？"因各言家世。姜曰："吾先父章丘士人之子，本亦姓李。父早丧，从母姓为金。闻先大父有遗文，可验也。"出书示之，备载族属姓李，生名亦在焉。生即素，都生即李生祖孙妇子（孙妇谓金德淑），姜固生从女弟也。相顾惭恨，不能自存。金儿闻之，剪发自誓，愿为尼以赎骨肉之耻。自是以兄妹别处，求归愈切。

时至正十四年甲午，张士诚伪称周诚王。六月己酉，兵陷泗州，李生一家悉被游兵所掠。金儿时年未及笄，分配太妃曹氏帐中为侍儿。曹氏颇贤智，偶问及其乡里，金儿具陈始末，又言自幼祝发为尼，颇知经典医卜杂艺。是岁十月朔，士诚因避苗军之锋，自扬州退保高邮。元右丞相脱脱统兵十万围其城，用部将董抟霄之言，分兵复其侵地天长、六合等城。高邮危急，曹氏命金儿卜之，得无妄之小过，执策进曰："天下雷行，刚自外来，而为主于内，其占利正而获大亨。说者谓首颠颠，趾延延，刚以正之，畏以齐之，乃可得顺。而合道变体，以柔得中，下怫上悖，趾趄爪坠，故必畏以省，同政奋威，以惩小人，乃可对时育物，以当天命也。然其繇曰，伊伊智士，去桀耕野，执顺以终，天佑无咎。主公今方改元天佑，显著卜词，事同图谶，取威定霸决于此矣！"

　　既而脱脱兵日集，势号百万，遂坠其城。士诚危蹙，计将背城死战。曹氏复命卜之，得需之坎。金儿曰："虽需于泥，其利用恒能敬慎，则不败也。"又以立准之曰："奂之初一，赤卉方锐，利进以退。"其测曰："赤卉方锐，退以动也。盖阳能刚能柔，能作能休，见难而缩，家性为奂。虽勿肆，终无怫，慎毋妄动也。"更二夕，时当冬，忽闻雷发城中。金儿夜起，贺曰："明日可出师战矣！"遂登楼，仰观良久。天将曙,趋告曹氏曰:"龙文虎忿,悉见我营上,时不可失,请急击之。"曹氏即以告士诚。俄而谍者缘城至,言元主有诏,削夺脱脱官爵。四更时,亲卫铁甲军闻报,皆丧气散去矣。士诚乘隙开门纵击之,大败元兵,军势复振。由是,帐中悉以金儿言验,称为姑姑。曹氏益宠爱,父母皆留幕下。盖自被录以后,虽不复髡缁,而修持如故。

明年乙未,江阴大盗朱英、江宗三自相仇杀,英不能胜,过江求援于士诚。疑为元兵说客,按剑临之,辞拒不许。自夏徂秋,往复数四,英乃盛陈江南饶富,玉帛子女冠于海内,且曰妻子皆在军门,愿以为质。士诚夜入帐中,言于其妻刘氏,遂闻于其姑,同召金儿问之。对曰:"伯王之相,自与凡流不类。昨从太夫人帐后窥见主公颜色,似得之天成。妾见太阴累犯垒壁轩辕,又见太白自五月至九月累经天,昼见入犯太微,光扫天梁。其应在吴,江南之祸必不能免。"曹氏强之卜,乃请扶乩。占之曰:"天遣魔兵杀不平,世人能有几人平?待看日月双平照,杀尽不平方太平。"明日,事闻于士诚。时士诚改历明时,大喜,以为日月双照之符。遂定计过江,先遣其弟士德,选高邮兵三千人,以英为向导,击横栅以渡。

至福山时,已逼岁除。英曰:"兵贵神速,常熟守臣虽已知我渡江，今当除夕，官民且耽庆节醉饱，未必有备。乘间即趋之，可即破也。"夜半，兵至九浙港。士德尚疑之，乃遣李伯升将高邮兵千人，统帅朱英兵直趋城中，而自将大军，以英子清为向导，从虞山南入，约明日合兵县治。其实欲以英尝敌也。

先是，蜀人杨椿字子寿来吴，自言裔出关西，为宋少师杨栋之嗣，与杨文靖公五世祖汝江为近族。因隐居虞山，买田结庐于湖村，又立家庙，与文靖子孙之居邑中者相为伦次，遂土著。椿为人尚气节，好文章。镇帅脱寅知其贤，召为馆客，既又署为参谋，留居郡中。至是，闻士诚声言南渡，脱寅恐常熟失守，先遣椿将兵二千至县，相机调兵。至则与县鲁达花赤议论不合，椿叹曰："我本邑人，为元帅守御，而守臣谋不合，事何由济？"顷之，闻士诚已渡江，乃移兵伏虞山北麓兴福寺中。计士德必从福山塘直入，将伺其兵半渡要击之。及士德分兵南行，椿夜闻报，率将士越维摩岭，径趋湖桥，伏于其家园圃及林木中以伺。

十六年正月朔，士德将至墅桥。朱清曰："此去湖桥数里耳，过此则湖山相逼，林木繁茂，不可不为之备。"士德乃遣其将韩谦、钱辅将兵前行。至湖桥，椿从其家庙中鼓噪而出，伏兵尽集。谦、辅兵出不意，不战而走，椿追至小山头。

士德闻变,疾趋之。溃卒望见士德旗帜,反兵奋击,一以当十。椿见势不敌,且战且却,循山而南复湖桥,整旗肃队,坚壁以待。士德仰战不能胜,三被流矢所中,方自危惧。时伯升兵已入城,官民弃城走,不血刃而下。遂遣朱英将其步卒,从虞山顶来迎。英望见两军相持,疾驰下攻之,椿遂败。然犹杀伤及蹂躏死者各千余人,血流遍野。椿仅以身免,遁入郡中。

士德既据常熟,复用维扬人苏昌龄计。二月壬子朔,士德兵抵齐门,附城而入。脱寅告急于椿,椿曰:"士德兵已入城,吾闻巷战将勇者胜,请以身当大敌。"乃自率枭锐,直赴士德搏斗。自辰至哺,士德身被数创,辅、谦持短兵接战,亦皆重伤。忽屋瓦飞堕马,士德持枪突前刺椿,洞其胸。椿死,骂不绝口。脱寅方与伯升战于娄门,闻椿死,亦败走,匿丛筱中,乱兵杀之,苏州遂下。士德据承寺为王室,立省院六部百司之职,皆以部将及所亲爱者布列,改平江路为隆平府,以锻工周仁为太守,悉以郡中院寺及豪府第宅分给居之。

捷至高邮,士德以苏昌龄为弘文馆学士,遣斋书来迎士诚。以是月二十五日发高邮,至通州,期以三月三日渡江,仍由福山入。服御器用,皆假乘舆。三月朔,奉其母登狼山，观长江之险，心惮之，设斋祈福。曹氏谓士诚曰："舟中有金姑姑，智算神妙，非尘世间物也，试与议之，如何？"士诚曰："我每用其占，皆奇验。军旅事多，未暇见耳。"趣使召之，金儿青衣跣足，垂涕而出。众皆骇愕，曹氏大诟侍从，令易衣。金儿收泪，徐对曰："妾本俘获子女，罪当万死，初见主公，安敢妆饰，取便一时？"愁眉怨语，体貌不端。士诚痴立忘言，注目谛视，唯唯再三，遣去。

顷之，易常服出拜。士诚曰："汝事太夫人已久，刘夫人每言汝揲策定数，灼龟观兆，变化无穷。然占有数宗，汝得其几？"金儿曰："占有定天人宗、太乙宗、五行堪舆宗、建除宗、丛辰宗、历宗，妾皆究之。惟象纬蓍龟之占，乃出圣贤正论，故古之卜者，扫除设座，正其衣冠，起居自誓，以当乡人，颜色严正，以对懒妇。法天地，象四时，顺于仁义。分策定卦，按式正棋。然后言天地之利害、人事之成败。此天下之重事，不敢不以敬也。后世之卜，齐楚异语，瓦玉异用，而其人又多夸浮虚矫，居卑行污，何足与论卜哉！夫卜而不审，不见夺糈（音所）。为人主计而不审，身无所处。故古之圣王建国受命，未尝不宝卜筮以助善。越王勾践仿文王八卦，占体辞象，用范蠡、文种为谋臣，而推远西子，故能破敌国而霸天下。桀纣之时，与天争功，壅遏鬼神，使不得通。又用赵梁、左疆为谋臣，宠妲己、妹喜以为内嬖，卒使蔽其耳目，以亡其国。此皆经史所著也。"

士诚曰："苏州虽已新服，地方百里，四面皆非吾有。元末革命，人心反侧，将奈之何？"金儿对曰："军国大事，非儿女子之所知。今蒙主公再生之恩，老夫人解衣推食之爱，不敢不言。妾闻创业开基，与守成之主不同。非仁与义，无以收四海之望，非才与知，无以服英雄之心。天下，神器也，可以智取，而不可以力争；可以群策谋，而不可与群才断。是故君德莫善于运乾刚之断，莫不善于任匹夫之勇。守成且然，而况创业之君乎？今以天时人事占之，江南政乖民困，征赋烦剧，威力迫胁，万姓离心久矣。主公以江淮先声，士卒效命，乘破竹之势，南定嘉湖，北抚淮泗，鼎足千里，角立群雄，不过一投鞭之劳耳。然闻江南捷至，而子女玉帛尽入私门府署，官爵已皆滥给。损举义伐暴之名，失厉世赏功之柄。政教号令，非出一门。入吴之后，方将为国家深虑耳。"

时金儿初见士诚，察其意有所属，每答问，辄高其论以动之，盛陈纲纪，约束其邪思。士诚果端然改容，致席召前，谓曰："吾闻古之圣人，不居朝廷必居卜筮之中。诚如太夫人言，汝真天人也！安得沉埋在此？且勿他言，但今江波浩渺，天险为限；又闻江中沙洲盘绕，舟师皆新集乡民，未能尽悉。汝为我卜之。”得蛊之剥词，曰：“羊肠九萦，相推稍前，止。须王孙，乃得上天对山。江中风流虽险，当自有降人相助，姑伺之。”俄顷，而福山富人曹氏闻士诚将渡，先已胁于士德之威，恐祸及家门，遂发江舡百艘，杀牛酾酒，犒士诚之师。

士诚初以癸巳岁起兵，后用是月十二日癸巳入吴。欲知国祚修短，自起焚香，再拜祝蓍卜之，得中孚之晋。金儿进曰：“中孚，阴阳变动，六位周匝，反及游魂之卦。互体见民，止于信义。辛未土，以壬午水火用事，与民为飞。伏词曰：日月运行，一寒一暑。荣光赫赫，创业大数，俟天运一周乃决。国祚灵长，当与日月并明矣。”士诚喜，谓金儿曰：“帷幄运筹，多汝之功。伺戎事稍暇，赏行册当。今即渡江矣，闻汝能诗，有诗以作士气乎?”命将校收庭中列帜，置金儿前，立缀诗其上，曰：“万队旌旗临北斗，连江笳鼓动雄风。君王自欲观朝日，驱石行看到海东。”

舟遂发，蔽江而南。金儿父母舟中乘间私问曰：“主公以国祚卜，终当何如?”金儿曰：“中孚之卦，准立之中，其体最尊，其象则混沦旁薄。正天作主，而必待思贞，当位乃受其福。至于阴阳神战，灵常是反，巅覆之虞或难免也。故先贤命繇，既赞其荣光赫赫矣，又言不得保巅踬陨坠。更为士伍，其意可见。"父曰："然则汝告主公，日月运行，一寒一暑，荣光赫赫，似谓国祚灵长者，何居？"金儿曰："一寒一暑，大运周也。历以十二辰为一纪，自今起，丙申后十二年为丁未，别有真人当其荣光者矣。但我时命已促，他日当自验之。"其父惊曰："吾本穷途羁旅，俘获余生，赖汝天赋敏质，乘时遭际。今江南已下，鼎足势成，定策帷幄之勋，当首及汝。同享富贵，无异邱子明之遇武帝，何自出不祥之言若此？"金儿对曰："传有之矣，美好佳丽为众人患，故骐骥不能与疲驴为驷，凤凰不能与燕雀为群，而贤者亦不与不肖同列。且强得者，必暴亡；强取者，必无功。吾不愿臣妾末流也。"

士诚既至福山，曹氏迎致其家，献金帛米谷各以钜万计，珠玉锦绣数千器。及暮，将士纵掠积货，一夕而空，仅免屠戮而已。时以巨舟重载，恐塘水浅涩，复发人浚治。乘潮平，壅绝江口。又收曹氏所蓄竹木，每数里为一闸，舟至，发之。命其将徐志坚督守巡察。故所驾龙舟战舰，大或万斛，小或数百石，江河略无阻滞。至九浙港，苏昌龄曰："入郡必由县治，河狭不能容舟，莫若仍回道以行。"士诚从之。是为三月十日，时和景明，自福山以达郡城。士马腾跃，甲仗鲜华，壅塞两岸将二百里。旌旗鼙鼓，振撼天地。士诚黄屋左纛,寨帷顾盼,意满志骄。追忆金儿之占验,使人召见。

初,金儿见士诚于狼山,属军旅急遽,危疑未安,又为金儿危言所恐,敬畏之,未敢他有所冀。及金儿入舟,发容明丽,进止端庄,帷幄侍御人人自失。不觉心动,绐之曰:"我有所求,汝试卜之。"意欲金儿自为卜吉也。卦成,得大畜之观。进曰:"卜词不协,不敢以告。"士诚曰:"试举其词。"金儿不肯答。士诚强之,乃以繇进曰:"三蛆逐蝇,陷堕釜中,灌沸淹殪。与女长诀。"士诚曰:"吾闻神龟知吉凶而首直空,楛卜可尽信哉?"自起取桃花簪其鬒,笑曰:"此为聘。"金儿曰:"吾卜处吉凶、别然否,多中于人。昔献公贪骊姬之色,卜而兆有口象,其祸竟流五世。主公方受命为王,岂忍以妾为骊姬乎?"士诚不从,尽出所得曹氏珠翠锦绣赐之,而命参军王敬去撰册金姬词,且俟他日加妃号,位次刘氏。金儿苦辞不得,忽轻翠已覆体矣,知不能免,乃曰:"妾受老夫人厚恩,不可不先往谢之。"士诚曰:"此固当然。"即命谨厚女士数人从之。

至曹氏舟,屏去盛妆,复其常服,进拜具陈。曹氏曰:"妆天赋敏妙,分所当得,不必辞也。"又拜刘,刘语亦如之。又召其父母所亲,各叙讫。忽就舟中启其故箧,出香焚之,向天列拜,长跪私祝,环视者皆无所闻,莫测其意。须臾闭目,奄然无语。父母惊赴,急趋呼之,已绝息矣。士诚仓皇至,执其手,哀恸不已。求良材为棺,不可,或曰:"曹氏闸木皆梗楠油杉,可用也。"即出诸水中,架空,熬沸油灌其顶,水下出如注。俄棺成,悉以所赐珠玉从葬,筑坟道旁。土既实,乃行。

舟次湖桥,昌龄指陈士德战地,士诚停驻观之,见阵亡将士尸骨横籍,积如丘垄,心恨椿。又见椿旧宅祠宇尚存,即命守将尽撤之,徙建金姬墓道。其园圃中嘉树珍草,悉令乘时移种,又发曹氏园亭益之。由是数日之间,花木品列,台榭参差,老柏乔松,交蔽内外。繁华盛观虽出一时,而栋宇花石皆俏旧林,俨然一古寺古宅也。又籍杨椿产业,以给姬亲党从行者,使留守姬墓。将俟成大业后,列为陵寝徙之。未几,拜其父素为隆平府承。(时有阴阳术人李行素为丞相,或即其人。)姬母封夫人,与素别县而处,避兄妹之嫌也。其亲党皆得出入士诚府中。

二十六年,士诚谋取江阴,久未得逞。因感金姬之言,加封护国定仙妃。饶介之撰文,周伯奇书篆,刻石神道,(国初张羽所撰之七姬权厝志并铭。)祠而卜之。其夜,刘氏梦姬对刘泣曰:"国家举事大错,天意已不在主公。若不早修德以塞天谴,来岁此时难为计矣。"他日,又梦姬抚士诚二子曰："妾受夫人恩，有不测，当相庇。"刘氏私心忧惧，秘不敢言。预召姬母厚抚之，赏赉日多，人莫知其故。

明年，天兵下苏州，士诚兵败，城将陷。刘氏以二子付姬母及二乳母，各给银三斤，且曰："非不能多也，但汝不可过取，多则反为吾儿累矣。"城破，姬母匿儿民家舍。月余，严稍解，乘间驰至湖村，视姬墓，则已成丘墟矣。其同时亲党，尚多窜伏山中，渐相聚。言陆将军从江阴来，乱兵发姬墓，尸已脱去，棺中惟衣衾在焉。葬姬时，事起仓卒，士诚先以珠宝金银尽埋土中，其母独识其处，乃就废穴旁又发土数尺，悉存无失者，母尽取之。复自福山渡江还章丘。二子长，遂冒李姓，亦不复知有张也。

洪武之末，其季领山东乡荐，将赴都下。母戒之曰："京师平字街南官房口，有一盲母，年八十余矣。汝可密访之，勿令人知，寄言我犹无恙，急归报我知也。"儿奉母教以行，至京，拜户部主事，访得之。夜入其家，姆盲不能视，隔屏问曰："客从何来，乃夜入此？"儿答曰："我章丘李氏子，吾母金夫人寄声问起居耳。"姆遽起，扪其面，连披二掌，曰："何物小子，声之似我弟也。国亡幸留此孽，敢不畏死来此耶？可速还家。"竟即推出，闭其户。盖姆即士诚姊，得赦不死，当时预闻托孤者也。明日，儿称疾还乡里，其子孙至今编籍章丘云。

药　娘

王韬《淞滨琐话》云：郑篆史，汴人，僦屋维扬为寓公，其居近小金山。后购冶春园遗址，葺而新之，楼台亭榭颇有可观。又复叠石为山，引泉作池，池流曲折，驾以飞桥，东西回廊周绕，随地势高下为参差。最奇者为芍药圃，圃前有门，扁曰"尘飞不到"，字势飞舞有逸趣，吕仙降乩笔也。一入门内，便见高峰插天。循径而上，路殊纡徐。既登绝顶，有亭翼然，倚栏纵眺，全园尽在目中。既达平地，则弥望皆

王韬，中国改良派思想家、政论家和新闻记者。

芍药也。雕栏石磴，环护倍至。中间所植为金带围，尤称名种。相距数十武，有楼五楹，极轩爽。楼上藏书数万卷，缃帙缥函，什袭珍皮，多人间未见本。楼左偏，葡萄作架，薜荔为墙，槐榆千章，芭蕉百本。觅路而入，绿荫森沈，精庐三楹，为闲时憩息所。盛夏居之，几忘炎燠。

生虽坐拥厚赀，而不喜居积，会计之事悉委于人。读书之暇，惟知莳花玩石，此外别无所好。纳二姜，一曰绿媚，一

曰素修，皆虹桥小家女子，颇识字。生另购二室以处之，月榭云窗，备极幽丽。室外杂植花卉。二室遥隔半里许，通以阁道，如亘长虹于半空。二女有时靓妆炫服，凭朱阑而延伫，见者疑为阆苑神仙，缥缈天外。生分宿二女处，月不过数日。偶有余闲，即课二女以唐宋人诗词。

二女志甚相得，序齿以姊妹称。绿媚年十七，素修年十六，花貌玉肌，堪称双绝。素修于书史尤慧警。一夕，素修方临窗握管书字，忽见窗外人影幢幢，疑为绿媚潜踪而至，因隔窗呼曰："绿姊何不即入？乃作门外汉，须知窥观非正道也！"旋闻有弹指声曰："既欲我入，何又闭门拒客耶？"其音清锐，绝不类绿媚。姑启双扉，女已掩入。灯下视之，意态妍丽，丰韵娉婷，艳发于容，秀入于骨，世间无此绝色女子也。不觉错愕却步。女曰："姊幸勿惊，妹来伴寂寞耳。请观与卿家绿姊孰胜？"素修曰："小园与外间隔绝不通，姊何由至？"女曰："妹久居尊园，姊自不识耳。妹来，欲出小诗奉教，幸勿琐琐固诘，以败清兴。"袖中出诗本一束，掷素修前。素修视其签题曰《紫霞轩吟草》，下署"竹西谢春芬药娘著"。于是始知女字药娘。开卷七绝一首，句妙欲仙，心甚好之，竟忘其为宵深地僻、从何处来也。亦出所作示之，相与娓娓谈诗，烛屡见跋。呼婢瀹茗，以解渴吻，佐以饼饵，曰："仓卒未知姊临，不能作咄嗟主人，姊勿怪也。"俄而村鸡唱晓，女乃别去。素修约以明夕来，女曰："明夕子有心上人至，恐无暇念妹矣。"素修秉烛送之出户，方致声珍重，而女去已远。

翌晨，红日上帘，素犹未起。梳洗方罢，生适来，见几上诗草，询何人作，答以邻女，并不言其故。生见其词语清新，为易数字，并加评焉。夜果宿素修所。素修讶女若预知者。

越一夕，微雨廉纤，挑灯独坐，正思女不置。隐隐闻远处有屐齿声渐近，并闻笑语声，知是女来。启户视之，见女已立窗外，更偕一人至。并入室中，女无暇寒暄，即坐几旁，捉足脱屐展易履，曰："今日惫甚。"素修视同来之女子，长短适中，纤秾合度，云鬟雾鬓，飘然若仙，与女固堪伯仲也。爰询姓字，曰："姓徐字玉娘，前居蜀冈，今处尊园。以势分悬绝，故未敢骤攀清话耳。"素修曰："既忝姊妹行，犹过作谦语，是见外也。今而后，请勿复尔。"因询玉娘曰："既与药姊同居，当必能诗，如携佳作来，请以见示，共相欣赏。"玉果出一册于怀袖间，书其眉曰《兰因剩稿》。素读其诗，情致缠绵，远胜己作，更深悦服。

由此二女与素往来綦密。有时二女令侍婢携酒肴来，热气蒸腾，若新出于釜。异馔醇醪，莫能名状。素修益奇之，思礼不可不答，特出己赀，密嘱厨娘为备盛筵，今夕将以宴女客，且戒勿泄于人。适绿媚之雏鬟曰蔬香者，以事至厨下，闻刀砧之声，喧彻于外，鸡豕鱼虾，堆案盈几，问："今日岂主人生辰耶？抑别有喜庆事也？"有灶下婢与蔬香相稔者，附耳告之曰："今夕素娘宴客，岂绿娘未见请耶？不然安有不知？"蔬香匆匆回，面有喜色，曰："我娘今日食指动否？夕间素娘大开东阁，我娘当必预列。"绿媚曰："此时已晚，尚未遣使来邀，中必有故。我当往探之。"

逮夕，从复道持灯往。甫近，已闻笑言喧杂，匕箸觥筹交错之声。从窗隙窥之，明灯朗耀，客座二女子美丽异常，玉色双辉，珠光四照。思戚串中并无是人，当必有异。敲扉竟入，笑曰："不速之客一人来！"素修即起相迓，曰："难得阿姊自来。"二女亦殷勤行相见礼，曰："素知绿娘美，今日见之，果然不觉自惭形秽。"素修遽拍药娘肩曰："我见犹怜，何况老奴。"玉娘曰："我每见素姊，辄自叹弗如，为不乐者竟日！"于是四美合尊促坐，洗盏更酌，或折花枝以当酒筹，或击鼓传花，或彼此拇战，钏动花飞。药娘量最豪，饮无算爵。更阑始散。绿媚问二女住何处，曰："距此不远，山后即是蓬庐耳。"二女即去。

绿媚备询颠末，叹曰："其来也突兀，其去也杳忽，其言所居也支离。此渺尔培塿,不过土戴石而成者耳,安有庐舍在其间。如有之,我何出入不一见哉？以我揣之,必是灵物幻化,非鬼即狐。"素修怫然曰:"狐鬼而能幻人形,事或有之,至狐鬼而能诗,妹未之闻也。"即出二女诗册与之观。绿媚见药娘诗卷有生笔迹,惊问曰:"岂郎君亦与相见乎?"素修曰:"郎君但见其诗,未睹其人,妹亦不敢直告也。"

是夕,绿媚即与素修同宿。生诣绿媚所,入房寂然,蔬香告以赴素修宴,有女客在故也。生遂独眠。达旦,循阁道而回,遥见二女子,一衣红,一衣白,穿林中而出,由石径登山,入深林处忽不见。生因默识之。逾数日,绿媚素修俱集在书楼下,生偶述二女服色形状,曰:"与阿素作诗友者,是此二女欤?"素曰:"仿佛似之。"生曰:"测其踪迹,殆非人欤。"素修闻言,殊不悦,约生俟其来,入与之言,疑可立决。

夜间,二女偕临,词辩锋起。须臾生入,二女欲避去,素固挽留之,曰:"何妨以通家礼见。昔谢道蕴施青纱步障,与小郎解围,此姊家故事,宁不能效之耶?"二女遂出见生,玄言奥旨,持论纵横,生不能屈,叹曰:"女相如洵辩才无碍哉!"药娘曰:"闻君家多藏书,何不令余入而纵观,以扩眼界?"生订以明午。

翌日,二女果至。生导登书楼,玉轴牙签,一一指示。

二女叹为大观。药娘曰："世徒知宝宋板书,视若拱璧,空使触手若新。曷尝细心自校,此真耳食目论之士也。虽多,奚足贵哉!"

二女由是又与生为谈友。虽日间,亦留不去。谈论则并坐,饮食则同席,绝不避嫌。每值花晨月夕,辄置酒宴赏,生居中,而四女环侍焉。飞觥传觚,情殊相昵。然皆以礼自持,毫不可狎以私。生愈敬而爱之,曰:"与二妹交,正如对名花,止可餐其秀色耳。"

一日,二女至,容色惨沮。药娘谓素曰:"妹与姊缘尽矣!他日姊如相念,就妹没处掘土三尺余,有琥珀一方,即妹精诚之所结,置之佛前,香花供奉,三十年后可得往生净土。姊幸勿忘!"玉娘在旁,呜咽弗能成声,曰:"姊死,妹岂忍独生?"素方曲为慰藉,忽窗外黑云如墨,风雨大作,二女倏不见。顷之雹下,中庭紫芍药蹂躏殆尽。逾月,楼西玉兰一株,亦憔悴死。按,两美人系花之化,生故录之。

梅无瑕

王韬《淞滨琐话》云:男女大欲,王者不禁。究其故,不过交相慕悦,星期月下,订以嫁娶,如愿而止。卒之或成或不成，亦付之无可如何，从未有九死一生，矢志不变。彼苍亦若为宛转斡旋，使之备尝苦况，屡蹈危机，而后玉成，其奇遇如林生之于梅氏女者。

林彬，字尚均，福建上杭人，幼失怙恃，附读于外家梅氏。舅父母年近五十，无子，一女绝慧美，名雪，小字无瑕，钟爱甚至。当林氏之依其舅也，生九岁，女七岁，延师教之读。师陆无功，亦邑之名士，见生与女英英露爽，如一对璧人，因而绝爱怜之，俾同几席，授书亦相垺。不三载，生已通经史，课以文，斐然可观，兼及诗赋，颇近晚唐人风格。女见而爱之，浼生购得《玉台新咏》，课余选读，遂工五言。偶咏新月云："纤纤一痕影，浮云半掩之。风磨兼雨洗，自有镜圆时。"生赞其佳，评骘之有"不经磨炼，光明不显，于此可觇身分"之语。师见而戒之曰："非小儿女所宜也。"

既而女渐长，父母不令入塾。生虽依舅居，而闺阃深邃，非令节及有事，与女罕见面。见亦婢姬杂侍，寒暄数语外，惟四目相视而已。女有婢阿星，性儇巧，善伺人意.常出外庭摘花，遇生辄目之而笑，询以姑作什么，曰："亦如郎之书读写字耳，问我何为？"生乃修小札，密赂阿星达女。女晓妆甫竟，拆视彩笺折叠，端楷云：

"自隔芳仪，莫通絮语。春花秋月，天道运于上；夏葛冬裘，人事转于下。所不变迁者，我两人之心而已。以彬之惓惓于妹，知妹之亦惓惓于彬也。彬以孤露之身，粗涉文翰，得遇名师，复与妹同砚席。昕夕聚首，问难兼资。犹忆月中桂、风入松之对，彬于灯下，骈两指戏击妹掌，为师所诃。此景此情，俨如昨日。嗣妹折仿格，彬为庄书《洛神赋》一通后，从此妹深居不出。结语所谓'彷徨不忍去者'，遂成今日之谶。惊鸿游龙，时萦梦寐。既而思之，丈夫贵自立，彬行年十六，功名富贵非异人任，将决然舍此而去，挟策问世，投笔从戎。他日得当而归，为先人吐气。所不能恝然者，妹耳。妹龄及笄，高堂具庆，夫复何憾？惟以妹之淑质清才，不可无一，不能有二。特恐为浅见者所误，明珠投暗，彩凤随鸦，悔之何及。彬行矣，临别赠言，千万珍重！"

女读毕，悄然俯首凝思，泪涔涔下。阿星从旁，目灼灼视，微窥女所属意惟生，因怂恿之曰："姑毋戚，郎欲赴试，特久不见姑，藉要姑以一言留之耳，必不肯舍兹远适也，盍裁答之？"女无言，以札局夜中，起身入定省。母谓之曰："汝表兄将入郡应试，儿欲购书籍花粉者，令阿星出属之。"女笑对曰："诺。"略坐，返闺中，以浣花笺铺几，磨墨隆隆，濡笔直书曰：

"妹敛衽谨启：幼小无猜，得奉教言者，几易寒暑。回忆弄笔晨书,波融鸽眼;燃脂暝写,格砑乌丝。一旦室迩人远,日惟对镜怜侬,夜则背灯惜影。今则风云奋垂天之翅,金玉铿掷地之声,鸳牒未谐,而骊歌遽唱。因思凡人之情,形遇者浅,神注者深。既沾丐乎兰藻,复纫佩夫韦弦,妹身非木石,固已心心默印。新月之诗,昔蒙垂鉴。曒日之誓,夫复何疑!延伫捷音,藉图良觌。碧霞洗一串,玉鱼佩一枚,聊侑覆函,伏祈哂纳。桥霜店月,珍重万千。"外书"雪涕缄"三字。

袖之出,立屏后,适小童洒扫庭中,呼之曰:"来!夫人命交林公子手。"童递入,生见封面字,知女所赐,反覆数四,惊喜如奉纶音,并洗、鱼什袭笥箧。

逾数日,束装就道入郡,一战冠军,补博士弟子员。同谱生留以待秋试,争相钦慕。寓会城南之灵芝寺。生不能固却,身虽在客,心未尝一刻忘女也。课余排遣,每形歌咏,有《四忆诗》云:

"玉润珠圆绝世姿,同窗生小最娇痴。离情苦被青衫赚,别泪临风忆别时。"

"个人心事只侬知,茵溷名花孰主之。呼婢添香帘不倦,闲愁无那忆吟时。"

"见每矜持别便思,微波何处托通辞。兰因絮果关心事，拥髻无言忆坐时。"

"蓬山远隔数归期，恻恻轻寒自护持。斜月上窗灯半炧，裹头抛卷忆眠时。"

独吟自语曰："非我佳人，莫之能喻。"缄封欲寄，苦乏鳞鸿便。未几入闱，三场文刻意精思，斟酌饱满，读者击节叹赏，决其必售。同人苦留待榜，排日邀生游宴，花天酒地，只觉郁闷寡欢。已而榜发，生掇高魁，同舍获售者两人。宴鹿鸣后，结伴遄归。生喜姻事可成，便道谒父执蹇翁，浼其执柯。欣然自任，同舟返上杭。至舅门，则泥金遍贴。老仆出迎曰："郎来乎，吾家姑病垂危，诸名医咸束手无策，主人出备殡殓物，殆将归。"生闻，不暇顾客，亟趋入，则悲泣之声盈耳。迅步登楼，见舅祷天跪拜，口喃喃诵佛号，若无所见。入房，婢妪环侍床前啜泣，径揭绣帷，则女已双眸紧闭，气属如丝。生倾头枕畔，且泣且呼曰："阿妹，彬在斯，彬在斯！"言未毕，女忽星眸微启，喉间咯咯作响，樱唇徐动，吐痰块如冰。舅母闻声入，嗒曰："甥何时来！"婢妪急白姑苏。生不住低呼，泪堕如缏縻。女秋波旋转，直视生面，良久呻吟一声，泪珠隐隐，两颊泛红色。母及婢妪皆额手庆颂，亟进以参汤。生命下帷，戒静俟勿喧。坐定，询病所由。舅母含糊未答。闻枕上呼阿奶，视之，则以手指口，似欲啜粥。婢执银匙进薄糜半盏,神气渐清。

　　母乃招生出外间,缕述别后事。初,生赴省垣应试,女随母烧香南台。有贵公子窥其艳,惊绝,尾舟后访姓氏,得实,浼邑令登门强作蹇修。父既慕公子势,又重违令意,入谓妻曰:"吾女福相,果获良缘,如是如是。"母审知女志所向,力阻之曰:"勿孟浪,雪儿之于林甥,陆先生曾目为一对璧人。况彼既子身,我又乏嗣息,计不如腼合为佳。"父闻之,作色曰:"唉!穷措大身无立锥,忍以掌中珠委粪壤耶?吾意决,毋多言。"立出允婚,令索庚帖去。越三日,即委禽焉。迨女知之,柔肠寸断,惟矢一死以报生,毁妆绝粒,奄然遂病。生捷音至,父颇悔,而已莫可挽回。妻日诟誶,女日沈绵,阿星日侍汤药,惟冀生归以图他计。讵生留省,星又以母丧下乡。幸生至女苏,举室皆有喜色。

　　俄而老仆奔告,则公子诹吉期,迫官仆县役同来逼索允帖,喧嚷满堂。生出,见舅张皇莫措,愤焰中烧,直前径批仆役颊,怒骂出门去。亟令舅避匿,生坐待竟夕,不至。翌日,女精气渐复,乃谋唤小舟,俾母女避乡间,抵暮出门,住阿星家。甫入夜,公子率豪奴数十,持刀杖,破关入,明火登楼,搜索殆遍,毁坏器物无数。临去大言曰:"老乌龟敢出头,直当打杀!尚书公子不畏人也!"生与舅屏息匿复道得免。天明，县符下，立提舅入署，责赖婚，叱辱备至，拘令献女始释。

　　生孤掌难鸣，思遍集同年，赴省上控。乡人又以女病危来告急，徒步出城，视之较前更剧，仅余微息。生泥首庭中，愿减己算以赎。须臾，闻舅母呼声少缓，入房，女目动神复，气已渐平，方共慰藉。而舅忽至，骇询之，则曰："正尔拘禁，忽唤上堂，温语放回。"生入城探之，道路喧传某尚书以墨败，公子银铛入狱，家产籍没矣。乃唤舟迎全家归。女病旋愈。仍乞蹇翁为媒，择吉成礼。明年，生及第，历官清要，四十后即解组，伉俪唱和，优游林下。任内叠遇覃恩，舅父母亦得貤封焉。

第八章　徐娘

缪艮《徐娘自述诗记》记载:徐凤箫,才女也。偶尔怀春,为吉士所诱,往来情密,惧小婢泄其事,死之,遂系狱。乃集古人诗句,成十二首,以自述。

其《遥晤》云:"绿窗无伴动春愁,谁绾青骢涕满楼。不敢众中明向我,几回抬眼又低头。"

《井遇》云:"银瓶素练汲井浆,偷照红妆玉井傍。妾自含情只一笑,暗抬星眼掷儿郎。"

《送领》云:"暗香星颈细裁缝,半幅红绡意万重。妾自爱他针线好,襟边添朵绣芙蓉。"

《楼会》云:"人来窗外已三更,相识虽新有故情。云雨未谐心尚怯,卿须怜我我怜卿。"

《赠珠》云:"玉郎赠妾翠金环,妾赠珍珠泪暗弹。他日绿林能结子,争如三五月团栾。"

······

顾慧仙

王韬《淞滨琐话》云：顾慧仙，吴兴人。居道场山下，茅屋数椽，背山临水，颇有泉石花木之胜。父读书闲居，不乐仕进，以故从未出而应试。侪人广座中有高谈帖括者，即一笑去之。早鳏，止生一女，并无嗣续。慧仙喜学诗词，有所作，辄就正于父。父每顾之而喜曰："此我家女学士也，但不栉耳。"年及笄，父为择婿，遴选甚奇，低昂多不就。远近多惮其难，无敢问名。慧仙矢志不嫁，愿仿北宫婴儿子事，以事其父。时逆焰甚炽，湖郡既为所陷，山中风鹤频惊，殊不可居。因是转徙至沪上，居久之，贼平，遂寓吴郡。

无何，父患疾遽逝，慧仙孑然一身，无可栖托。囊中虽不乏金钱，然一切购置，皆须仰赖乎人。有以外事求见者，虽以婢媪传言，终不能明。有从浙中同来一戚曰钱姆，深知其故，时来劝女曰："不如早嫁为得所。"并言此间有巨室曰孙冶秋，其弟曰砚秋，咸通文墨，有妹曰妍春，工诗善画，尤出两兄上。论其才，则宝玉明珠，无此朗润也。论其貌，则春花秋月，无此妍丽也。两兄皆娶于名族，而妹犹待字。所延教读之师曰李世璜，通今博古，尤长经学，吴下名孝廉也，年仅弱冠，丰致翩翩，闻尚未有室。若妙选东床，此可当坦腹一流人矣。女红潮晕颊，不作一语。姬曰："此阿姑终身事，如姑意许可，老身可锐身自任也。"女略颔之，因叹曰："家事如此，不得不尔，由姆为处置耳。"姬子亦已游庠，爰令往为执柯。

李孝廉素耳女名，曰："愿乞绣余吟草一观，安知一段好姻缘，不成就于七字中哉？"女素有《紫藤花馆诗》，以昔年家在道场山下，临窗有紫藤花一架，花时缤纷怒发，每日把镜理妆必对之，饭罢茶余，辄坐其下，执卷微吟，故集遂以是名。所作倚声曰《红蕤阁词》，止百数十阕。姬托言孙家女子借观，遂索之去。李每阅一篇，辄为倾倒，曰："此真诗中之圣，词中之仙，于闺阁中吾见亦罕矣。"翌日，姬子往询佳音，李誉之不容口。姬子曰："事必谐矣。"李曰："未也，但见其才，未睹其貌也。我欲一觌仙姿，当以何法？"姬子沉思良久，曰："半月后为顾媛服阕之期，当偕我母诣九华寺还愿，君托故前往，可得饱看。事成当何以报？"

九华寺在城西，固孙氏之家庵。是日，孙氏适拜大悲忏，超度九灵。孙母及妹俱往，女最后至。李已坐俟于禅寮之西，凭栏凝眺。初见孙妹，以为女也，替月妍姿，惊鸿艳影，不禁为之目眩神迷。时姬子已来，立于李侧，李顾谓之曰："的是可人，名下洵无虚也。"姬子曰："是真代李以桃，指鹿为马矣！别有妙人，资君眼福也。"须臾，姬偕女至，较之先所见者，正如尹邢嬛旦之互相伯仲，春兰秋菊之并秀一时也。李亟称妙，由此婚议遂定。

合卺之夕，李询女曰："曩初见时，与卿并坐东堂者谁欤？"女曰："此孙家小妹妍春也，君何为不相识欤？自觌面后，时来吾家，以诗词相质证。彼工六法，点染极佳，妾自愧弗如也。"李曰："不知将来谁得消受此艳福，真为几生修道者矣！"女曰："此亦何难？君苟能从妾所言，一二年后定看君坐拥双娇，室对二妙也。"李笑曰："诺。"

女劝李勿为教读，曰舍己耘人，最足为学业累。又劝李专习帖括，勿旁涉诗歌，自出奁资以助膏火。李自辞孙氏馆，亦无内顾忧，日作课文，已臻纯熟。乃令李出游，以畅灵襟。李北上京师射策，女亲送至江干，握手作别曰："君往燕北，妾在江南，耳听好消息也。"

榜发，李得列前茅，旋入词林。正拟束装就道，忽有急足至，则报妻丧者也。自五月榴花开后，瑶台倾矣，遗缄一纸，则劝生娶孙妹，为鸾胶再续计。李痛不欲生，还至家乡，步步凄恻。逾数日，有冰人造门，则女生时所托者也，孙家早已俞允，送庚帖来矣。生再三力辞，两冰人弗许。一诺既订,六礼遂行,一切币帛珠玉,皆女前时所预备。仪从之盛,陈设之华,一时无两。道旁观者,咸啧啧羡生之福,而叹女之贤。

花烛之夜,红巾初揭,端视玉容,仪态万方,姿质似较女更为秾粹。奁中携有女之诗词,盖当日女所写副本也。簪花妙格,亲出女手,生甚宝之,不啻拱璧。卷末钤小印一方,曰:"同心合意,永不分离,"则徐袖海所镌者也。生询妍春印语究作何解,研春方欲吐词,泪为之涔涔下,曰:"自在九华寺中初相识面,彼此爱慕,遂订金兰簿,结异姓姊妹,相约以后共事一人,勿相离逊。不料今日妹来而姊亡矣!世惜无李少君其人,能致姊之魂魄,藉以面诉离愁,一倾衷曲。"

时侍女中有曰娇兰者,乃女旧婢从浙中携来者,颇见信任,因乘间告新人曰:"闻城东有女巫谢珊珊者,擅异术,能致生人之魂、亡人之魄,勾聚一室中晤谈,无疏生时,盍招之来,俾试其技? 果尔有验,可慰相思。"生从之,翌日即从厚币邀致。及入门,则一袅娜娉婷十六七岁女子也。一见生,即曰:"官人今贵矣,忘却当时撮合语乎? 今日得遇吾,福不浅哉!"旋即索茶饮,欠伸作倦态。俄而拍案,作老人咳嗽声,曰:"吾送李翰林夫人至矣,一路足无停趾,气无停息,风马云车,瞬息万里,甚惫矣。可具一杯酒,略酬我劳。"饮酒既竟,隐几而卧,忽仰首上视,作女子声曰:"李郎孙妹何为至此? 尚记却扇之时,与李郎语乎? 今日郎已遂欲,何竟忘我耶?"言讫,一若歙歔不胜者。李曰:"何敢忘卿,卿究以何病致弃红尘?"曰:"我岂以病没,乃仰药以求死耳。一自获闻捷音之后,知孙家之姻事可图,闱内之誓言可践,爰备礼仪,务求美好,男媒女妁,悉馈巨金,衣襦百事,先自掘挡。又以停柩室中,恐怆郎心,故暂寄九华寺内。冥府阎摩以妾贤而不妒,赐以返魂香纳之身畔。明旦诣寺开棺,可冀重生人间,再为夫妇。"李闻之,不胜喜跃。妍春方欲再诘,巫忽蹶然起立,曰:"我暂去,汝等好为之。苟不信我言,则茫茫尘海永无相见之期矣!"

诘旦,生与妍春乘舆偕往。甫至寺门,住持尼净因手捻念珠,迎门相谓曰:"贵人今日履贱地,非已知尊闱夫人重生佳耗乎? 兹在竹轩啜茗,盍与温存,以解其惑。昨夕更鼓三下,忽有金甲天神自九霄下,问李翰林妻柩可在东阁否,今女巫谢珊珊已致其生魂来,数当复活,重结人间伉俪缘。汝等可速启棺,缓则有咎。逮入视,则夫人已亭亭自东阁出,嫣容媚态,一如平时,非邀神佑,曷克臻此?"李急趋入,则女方端坐观书,果不谬。以事骇听闻,不敢告人,商之妍春,妍春愿下之,以姊妹称。

至此，方知前后事事皆女为之从中播弄也。女先以重金啖女巫，故其事不泄于外。珊珊虽习巫觋术，亦良家女，尚未适人。女劝生纳之为簉室，娇兰亦备箕帚列。珊珊亦颇识字，善于持筹握算，出入稽核，不差纤毫。娇兰善烹饪，羹汤非经纤手亲调者，食之不甘。生每日惟于二女诗词唱和，以文字自娱。往往斟酌全篇，推敲半字，动至达旦不寐。生辄顾而乐之，以为虽南面王不易也。自散馆授编修后，不复至京师。

　　尝舣棹金阊，见一榜人女，颇具姿致，惑之，挑与语，亦不拒。因微讽之，欲娶作小星，啮臂为盟，冀留与乱。女曰："贵人金屋所贮，不少阿娇，鸾皇岂肯下配雅雀哉？苟始乱之，而终弃之，则我父非善良辈，妾之性命必悬于君手矣。与其为异时之怨偶，不如作今日之无情。"生聆其言，悚然改容，归告妍、慧二人。妍、慧曰："如但惬君意，而不能当我两人之心事，亦弗谐也。"即呼其舟往游虎丘与支硎上方诸山，日夕流连，颇与相稔。榜人女名阿秀，工目听，善眉语，尤能先意承志。二女大赏悦之，遂以四百金携之归，置之画屏之列。

　　二女苦不育，阿秀连举三子，具有异相，人方谓将来能光大门楣者，必三子也。不意一月间，长幼俱以痘荡。二女谓生曰："日中则昃,月盈则亏,君当此时,诚称极盛矣。果有何修,享此清福?郑州决口,民庶流离,盍亟捐输以拯数万生命?"生曰"诺",立界八万金,解至灾区。中男虽已染痘,而平安无害,或谓二女卓识出生上,而慧仙之慧尤不可及。

西湖丽人

缪艮《泛湖偶记》云:丁未夏,予泛棹西泠桥畔,别舟坐丽人,斜露背影于蓬窗外,风鬟雾鬓,恍如神女凌波。予口占《阮郎归》词一阕,微吟云:"衫罗肤玉映分明,舟窗背影真。风儿偏肯做人情,吹来桥畔横云髻堕可怜生,拟从湖口迎。风儿不肯做人情,阻侬舡一程。"韵随风度,丽人若有所闻,含笑回眸,而予舟已远矣。

薄暮由南山归,舍舟而行,过堤上寓楼,纱窗半启,而丽人在焉。予徘徊久之,复吟《最高楼》词云:"垂杨里,隐起最高楼。雕栏曲,绮窗幽,碧霄乍看开金镜,珠帘却好上银钩。倚楼瞧,瞧着我一回眸。他初见人来,微靠后;他又见侬来,凝望久。思展步,已勾留。应知心事遥难达,如传眉语转含羞。倒教人,平白地一天愁。"

西湖盛景

　　吟已，夕景苍茫，众山如睡。予惧城闉之隔，踉跄归家，感而成梦。尝谱《高阳台》词以纪之云："皓月初升，良宵大好，愁人总在愁中。静掩双扉，倦眠孤枕朦胧。谁家二十轻盈女，喜孜孜慰我途穷。最堪怜，一握擎来三寸弓鞋，依稀认得芳容。似前曾相识，今夕重逢。喘息嘘嘘，娇声怯怯，惺忪。醮楼更鼓敲来急，把佳期一霎成空。尽无聊，剔起残灯，听叫幽蛩。"

　　次日复至其处，朱门昼掩，阒其无人。问邻人，知为姑苏巨家，寓此月余，今晨已还吴门矣。怅然而返，作《唐多令》词以寄意："多少离别衷，相思谁与同。水程三百信难通。曾记向人闲语处，明月下，隔帘栊。西子返吴中，回廊响屧空。夜深独立怨东风。便令身轻如燕子，飞不到，馆娃宫。"

　　事隔三载，未能去怀。庚戌春，偶步湖堤，日将夕矣。

忽一小鬟，招予曰："家主人候久。"随指前巷小门，相与款户而入。主人出，即前所见之丽人也。予颇错愕，丽人笑谓予曰："君忘三年前一面缘耶？向在湖漘，辱君奖以新词，虽未能畅聆，然微闻音韵，知为此间才士。本欲一图良晤，奈已定归期，遂尔相失。"因叩予姓氏，丽人喜曰："名下无虚士，君往岁非馆吴门某氏者耶？君时作《永遇乐》词，有云'叫破碧云，问天何苦，令人若此，泪洒西江，和涛滚滚直下三千里'；又云'二十四年，大半消磨马足车尘里'。此词流传闺阃，妾爱诵不去口，谓苏辛秦柳，不是过也。独恨才子穷途，佳人薄命，往往同一浩叹耳。"予唯唯谢，亦叩以姓氏，坚不吐。少顷，黛脸微红，不胜怨惨，低告曰："妾爱才若渴，不幸辱于袴纨。前见君文采，眷恋已非一日。适从窗隙窥见之，感触旧怀，特命婢子奉攀清话。已憎越礼，安可再以姓氏告耶？君如异日垂念，但志小字香卿可耳。"

既而治酒，予背诵《高阳台》等词。丽人曰："君词衮矣。然妾非无情者。罗敷有夫，使君亦应有妇，妾与君为文字交则可，其他当结再生缘也。"予闻之，肃然生敬。酒半，丽人以今夕之遇，不可无词以纪其事。予调倚《沁园春》云："小巷幽湾，转过溪桥，轻叩朱门。听有人启齿，低声问讯，有人启户，笑口欢迎。尊酒相陪，寒暄略叙，看似无情却有情。

真堪谢,谢宵来好雨,帮着留人。今朝邀幸三生,把往日相思一夕陈。记你初见我,莲塘销夏;我重逢你,桃港嬉春。一日三秋,离多会少,情话依依天已明。还堪恨,恨此番别后,依旧迷津。"

丽人赋《一斛珠》词云:"今宵欢聚,绿窗下并肩儿语。绫笺公谱相思句,说不留情,总被情牵住。一刻千金空掷去,他时重会知何处? 风吹断,鹣鹣羽,怅恨风前,还向东风诉。"复饮予三爵,并以金条脱相赠,挥泪而别。

徐 娘

缪艮《徐娘自述诗记》云:徐凤箫,才女也。偶尔怀春,为吉士所诱,往来情密,惧小婢泄其事,死之,遂系狱。乃集古人诗句,成十二首,以自述。

其《遥睎》云:"绿窗无伴动春愁,谁绾青骢涕满楼。不敢众中明向我,几回抬眼又低头。"

《井遇》云:"银瓶素练汲井浆,偷照红妆玉井傍。妾自含情只一笑,暗抬星眼掷儿郎。"

《送领》云:"暗香星颈细裁缝,半幅红缯意万重。妾自爱他针线好,襟边添朵绣芙蓉。"

《楼会》云："人来窗外月三更，相识虽新有故情。云雨未谐心尚怯，卿须怜我我怜卿。"

《赠珠》云："玉郎赠妾翠金环，妾赠珍珠泪暗弹。他日绿林能结子，争如三五月团栾。"

《计逃》云："温柔何事独称乡，私约檀郎语短长。弄玉愿随萧史去，为他人作嫁衣裳。"

《婢睄》云："隔帘小婢笑梳头，窥得檀郎语不休。恐怕春光多泄漏，红绦一线锁香喉。"

《妹逼》云："同胞颇不甚相推，十二巫峰愿已灰。慢自作真呼阿母，金莲捶地走轻雷。"

《目刺》云："心火因君特地然，拚教薄命委重泉。分明燕剪梨花碎，血泪染成红杜鹃。"

《验供》云："县吏传呼入巷门，芳心此刻不堪论。从头说出风流话，路上行人欲断魂。"

《囚禁》云："柝声缭乱梦魂中，月照图圄貌啸风。自恨身轻不如燕，那能飞出禁墙东。"

《悔悟》云："薄命红颜自古悲，悔随蝴蝶上南枝。不堪回首妆台月，夜半无人私语时。"

情真语至，用古如自己出。每一展玩，歌泣随之。盖惜其才，尤不能不惜其为聪明所误云。

十八娘

赵古农《十八娘传》：十八娘者，粤之美娘子也。离姓，父名枝。或云出黄帝时离朱之后，族类繁衍，子孙多散处闽蜀南粤间。粤位南离，离为火，得天地精华之气为多。故娘子之生，佳丽莫匹，独行列最少，因呼之为十八娘云。相传其母常梦流星入怀，有感而孕。及产，芳香满室，秀色斓斑。比长，颜如渥丹，中含雪肤，性复甘润，腰细而长。好着红罗衣，夏时与其兄曰侧生好居深湾，嬉游于绿阴树下，貌甚俏，艳妆照水。人望见之，涎为之垂，曰："何美而艳也！"

有宋端明学士苏公子瞻谪宦游粤，见丰姿林立星布，累累惊叹，愿作岭南人为臭味交。人谓之曰："学士特未睹十八娘耳。"学士因赠以诗云："海山仙人绛罗襦，红纱中罩白玉肤。不须更待妃子笑，风骨自是倾城姝。"盖娘子实录也。而蔡氏君谟又为离氏作谱牒，叙支派甚详。如陈紫、宋香、方红、江绿、丁香子辈，皆其族许字于人者也。

先是，南越武王佗备物以献高帝，鲛人而外，离氏女与焉。北方有离氏自此始。至武帝破南越，携离氏女归上林院，作扶荔宫贮之。顾北土地寒，非土著，鲜不变者。

迁地弗良,不特橘逾淮北为枳也。迨永元中,帝闻南海有离氏美人,容色殊绝,诏下选焉。十里一置,五里一堠,昼夜传送入宫,人苦劳役。临武长唐羌上书,力陈有玩人丧德、好色不如好德之论。上可其奏,诏遂寝。厥后,数传至娘子。

唐开元间,杨氏玉环稔知离氏支派尚繁于粤,又以曲江张公在禁中西掖尝盛称之,作赋扬诩其实。玉环思得一见为快,爰遣使飞骑迎入,见则为笑。杜牧所以有"一骑红尘"之咏也。时适长生殿新曲谱成,会娘子进,遂以名其曲。因召见娘子于沈香亭,敕宫人

唐玄宗与杨贵妃上马图

扶持之,为其好衣紫也,赐绯衣一袭。由是宠爱日深,波及子若弟,有赐状元者,荐升至一品者,更或入为尚书、出为将军者,皆以娘子之贵贵之。而娘子仍不欲以红粉取怜于人,惟日侍官奴名旁挺者,出入宫闱,自署为绛衣仙子。一日忽尸解去,若蝉蜕然,宫人竟不知其所之云。

赞曰:十八娘岂真离朱子苗裔耶?不然,何生长于南者,犹以火德著也?彼离者,丽也。艳丽之至,而争妍于颜

色间，且再索而得，女离之谓乎？宜其取悦于人也夫，为尤物足以移人，信哉！

舟中女子

《右台仙馆笔记》：楚士吕凤梧，游于姑苏，于舟中见一女子，美而艳。来桡去楫，一瞬即过，然思之，盈盈在目也。是夕就枕，梦有人告曰："舟中人，汝妻也。"吕固未娶，不能无动，然无可踪迹，亦姑置之。

明年，以贡入成均，遂如京师。偶于琉璃厂见一画，画中一女子像，酷似舟中人。上有诗云："新妆宜面出帘来，共数庭花几朵开。我比敬君差解事，不曾轻去画齐台。"吕不知敬君事，惘然莫测，姑以青蚨一贯买得之。

是岁，以知县签分江西，与同官沈君甚相得。沈君者，苏人也，一日至吕斋中，见画大惊曰："此亡妇像，仆所手绘。昔岁在京师亡一箧，遂失此帧。君得无于都门市上得之乎？"吕曰："然则仆曾见君夫人。"因告以吴门舟中相遇事。沈曰："否，否，吾妇前一年已物故矣。"吕曰："若然，何相似之甚？"沈曰："此必吾姨也。吾妻父生二女，面目相同，虽家人不能辨别。长即亡妇，君所见者,其妹也。"吕因以梦中语告。沈曰:"吾姨固待聘者,当为君作蹇修。"竟宛转媒合之,一时以为佳话。

秦　娘

《右台仙馆笔记》云:秦娘者,维扬勾栏中人,其父固老诸生也,谈者失其姓。生而国色,幼失怙恃,依其舅以居。而其舅负官逋,不得已,议鬻其甥女。为媒者所诳,遂入青楼。女守贞不辱,假母好言劝之,不从;恫喝之、挞楚之,惟以死自誓。假母计穷,议转鬻之他所,而以其貌美未忍也。或为假母谋曰:"凡为女子,孰无情欲? 宜广觅少年美男子,勿责以缠头之费,苟有当女意者,任留一二宿。此后事易为计矣!"假母从之,凡所交好者,皆托其物色。于是裘马少年,日有至者。女见之辄哭泣,稍近之则怒詈。假母不能忍,日以鞭朴从事。女决意求一死,夜梦老翁曰:"吾,尔父也。汝

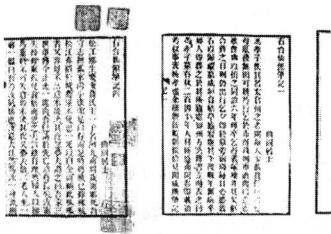

右台仙馆笔记,清俞樾撰。全书共十六卷,收轶闻异事六百余篇,文笔简练,叙事生动曲折,反映了当时的社会生活和人民的要求,并具有一定的艺术感染力。

慎无死，吾已为汝觅佳婿，明日当可谐秦晋之好矣。"

吴下有蒋生者，以应京兆试，道出芜城，初无意寻芳也。蒋有友，平时亦尝受假母之托，以蒋貌美，导之往。蒋始不可，友固怂恿之。及至，女向壁哭如故。蒋调之曰："闻卿名秦娘，小生则小字晋郎。秦晋自宜为姻好，何拒我之深也？"女闻言，忆梦中父语，秋波斜睇，见蒋风度不凡，不觉哭声顿止。假母喜曰："大好，大好！今日仙女思凡矣！老身且去料理酒食。"女与蒋同坐房中，虽无一言，亦无愠意。须臾酒食至，假母招女同坐，女亦盈盈而至，然泪痕固涔涔也。

蒋见旁无他人，乃问之曰："观卿情状，必有隐怀。仆虽交浅，何碍言深？"女细述己志，且告以梦，又哽咽而言曰："郎君若能为百年之计，梦中父命，敢不敬从。若以为风尘中人，苟遣一时意兴，则虽死不从也。"蒋叹曰："有志女子哉！小生固未娶，然贫无金屋，奈何？"女曰："苟许相从，荆布无恨，但求先矢天日，然后再陪杯勺。"蒋许之，共誓于神。是夜，遂同燕好。

假母喜女意转，坚留小住，乃流连三日。女谓蒋曰："郎君别后，假母必不容独居，宜早为计。君家有何人？所居何处？可详告妾。"蒋曰："家中无人，惟一寡姊相依。所居则姑苏某巷也。"女喜曰："妾得计矣！君宜为一书与令姊，详述妾事。妾自有策脱此火坑。"蒋悉如其言。

及蒋去三日，假母果别招一客至。女强笑承迎，醉之以酒，乃服客之衣帽袜履，诈为客状，启户径出，大骂曰："何物婢子，如此倔强，令人愤气填膺！"假母疑女又有变，得罪于客，追出谢之，则扬长竟去矣。入房审视，客固醉卧未醒，而女兔脱，乃始追女。甫出门，而暴风骤起，灯烛皆灭。盖女之出也，默祷于父，有阴相之者也。追者皆悚然而返。女独行昏黑中，若有导之出者。

遂附船至苏州，竟至蒋家，投书于姊。姊审书不谬，留之。而女已有身，及期，产一男。姊始犹狐疑，视所生男，酷似其弟，乃大喜焉。

蒋自别女入京，应京兆试不售，或荐之就四川学政幕。甫至，而学使者卒，蒋留蜀不得归。俄值川楚教匪之乱，益困顿。适大帅欲延一书记之友，蒋遂入其幕府，宾主甚相得。始惟司笔札之事，居久之，灰盘密谋，罔不参预。以军功，保举训导。是时道路梗塞，鱼雁罕遇，而蒋亦从事戎旃，置家事不问，遂与家人久绝音问。及楚川平，叙功，以知县铨选，始乞假而归。自辞家北行，至此将二十年矣。

遥望故山，颇有近乡情怯之意。乃至所居坊巷，则门庭如故，且红灯双挂，彩幕高张，鼓吹喧阗，溢于户外，不知其有何事。入门，则坐上客满，多不相识。有少年就问客从何来，蒋诧曰："吾故蒋某，此吾家也。"少年大骇而入。无何，有中年妇人出，则其姊也，惊且喜曰："吾弟归欤？"引少年就蒋曰："此吾弟之子也。"盖其子年已弱冠，是日适为毕姻耳。坐客皆大惊叹，以为巧遇。姊曰："正有一事为难，弟妇已将作阿婆，而犹垂发作女儿装束，使之改妆，不可。今吾弟幸而归来，事当如何？"一客曰："何不趁此吉日，使父母子妇同日完姻，亦佳话也。"满堂轰然曰然。于是青庐之内，花烛高烧。翁姑拜前，儿妇拜后，观者皆啧啧谓为未有之盛事。好事者为作《秦晋配》传奇。

临平姚美人

《右台仙馆笔记》云：余外家临平姚氏，其疏族中有一妇，于吾外王父为尊属，余不及见矣。传闻其生前姣丽无双，且双趾纤小，每制履，倦则以针线插髻上，帮帛垂耳后才如一叶，人不见也。以故不良于行，行必以婢媪扶掖之。姚美人之名闻于乡里，今临平有地曰美人埭，以此妇名也。其子妇悍甚，恒与其姑立而诤语。妇懦不能与争，郁郁久之，竟雉经死。妇工翰墨，临死自书一纸，详述其子妇勃溪之

状,置怀中。其子搜得,燔之。其子妇曰凡缢死者下有遗
魄,不掘出且为祟,乃掘地深数尺,果得如炭者一段,亦
燔之。

余幼时曾过其家,家尚温饱。乱后复访之,则无一人
矣。有字蓉斋者,于余为舅氏,为贼掠去,不知所终。嗟乎!
其先世有此等事,而望其子孙之克昌,则是无天道矣!

闽城女郎

《太曼生传》云:太曼生者,东海人,风流尔雅,从父宦游
四方。年十九,自吉州还闽,僦寓城东,恶其嚣杂妨功,因税
居于委巷。屋只数椽,而主人之园圃近焉,草树扶疏,花柳
间植,有壕濮间想。生常散步园中,吟咏自适。

一日,偶值双鬟导一女郎,年可十六七,后园采花,不知
生之先在也。生逡巡避之,女见生风神俊爽,且闻其善词
章,情亦不能自禁,回眸转盼,百倍撩人。生自是神魂飞越,
读书之念顿灰。越旬余,复于园内遇向者双鬟,因殷勤询之
曰:“君家女郎识字乎?”鬟曰:“女郎时手一编,日夕不辍,岂
不识字乎?”生曰:“吾有一诗欲致之,能为一达乎?”鬟曰:
“郎君善诗,女郎稔知之,某当为作寄诗邮耳。”生遂赋一绝

云："春时花事斗芳菲，万绿丛中见茜衣。自愧含毫非子建，水边能赋洛川妃。"

女得诗，见其词翰双绝，吟不置口，遂次其韵以答之云："小园芳草绿菲菲，粉蝶联翩展画衣。自愧一双莲步阔，隔花人莫笑潘妃。"

自此槐黄期迫，生以省试促归，不敢通问。及秋不第，复携书于别业。女时时遣双鬟慰劳之。由此荏苒，遂结同心。定情之后，倍相狎昵，因赠生玉玦半规，紫罗囊一枚。生赋诗云："数声残漏满帘霜，青鸟衔笺事渺茫。剖赠半规苍玉玦，分将百合紫罗囊。空传垂手尊前舞，新结愁眉镜里妆。一枕游仙终是梦，桃花春色误刘郎。"

时生已约婚，而女亦受采。女常居花楼之下，所著有《花楼吟》一卷，其寄生诗甚多。有云："重门深锁断人行，花影参差月影清。独坐小楼长倚恨，隔墙空听读书声。"

逾年，生当就婚，女亦适人，踪迹遂永绝焉。然诗札往来，岁犹一二至。越数岁，生举宾荐，戒行有日。女寄书以通殷勤，生赋《柳梢青》一阕别之："莺语声吞，蛾眉黛蹙，总是销魂。银烛光沉，兰闺夜永，月满离樽。罗衣空湿啼痕，肠断处，秋风暮猿，潞水寒冰。燕山残雪，谁与温存？"

后隔数岁，女因念生，得瘵疾，卧床日久，思一见生，实出无名。生伪托为医，以诊脉进。女见生，挥涕如永诀状，遂不交一言而出。是夕，女一恸而卒，生哭之以诗曰："玉殒珠沉思悄然，明中流泪暗相怜。常图蛱蝶花楼下，记刺鸳鸯绣幕前。只有梦魂能结雨，更无心胆似非烟。红颜皓齿归黄土，脉脉空寻再世缘。"

不数日而生亦卒，诗若为之忏焉。